하이베른가의 대공자

하이베른가의 대공자 1

초판 1쇄 인쇄일 2023년 7월 3일 | **초판 1쇄 발행일** 2023년 7월 6일

지은이 청루연 | **펴낸이** 곽동현 | **담당편집 팀장** 이범수
편집부 정요한 김승건 조혜진

펴낸곳 (주)조은세상 | 출판등록 제2002-23호
주소 서울특별시 동작구 동작대로1길 27 5층
TEL 02)587-2966 | FAX 02)587-2922
E-mail bukdu@comics21c.co.kr

ISBN 979-11-391-1965-7 | ISBN 979-11-391-1964-0(set)
값 9,000원

1

북두
(주)좋은세상

하이베르가의 대공자

청루연
판타지 장편소설

청루연 판타지 장편소설

FANTASY STORY

CONTENTS

Chapter. 1

Chapter. 1

거울 속의 자신은 의외로 담담했다.

힘없는 눈동자. 뼛속까지 보일 듯한 창백한 피부.

하이베른가의 대공자이면서 동시에 치욕을 상징하는, 몸서리치게 저주했던 그 옛날 그대로의 얼굴이었다.

힘겹게 뻗어 보는 앙상한 팔.

내부를 휘몰아치던 막강한 마나의 와류(渦流)는커녕 기초적인 근력조차 희미하다.

"……."

마침내 해냈다는 성취감이 온 마음에 열꽃처럼 피어오를 만도 하건만.

잔혹했던 동료들의 죽음이, 그 아비규환의 절규가, 아직도 검붉은 피처럼 온몸에 달라붙어 있는 것만 같았다.

거울 속의 자신이 어느덧 입매를 비틀며 웃고 있었다.

하지만 그 웃음엔 표정 이상의 가치는 없었다.

이내 그는 기다란 앞머리를 헝클어 자신의 메마른 웃음을 지워 냈다.

웃지 않으면 견딜 수 없어 하는 자신을 용서할 수 없다는 듯이.

"후……."

쓰린 마음을 삼키던 그가 곧 비척거리며 걸음걸음 나아갔다.

바로 저 문만 열면…….

그곳에. 자신의 소중한 모든 것들이.

쓰러지듯 위태롭게 손잡이에 매달린 그가 마침내 문을 열었다.

덜컥-

루인 사드하 월켄 드 베른.

평화로웠지만 폭풍전야 같은 그 옛날 과거로…….

그가 돌아왔다.

◆ ◈ ◆

여타의 국가들과는 달리 전통적으로 르마델 왕국은 기수

(旗手)를 여러 명 두지 않는다.

왕국의 금린사자기를 어깨에 메고 전장으로 나아갈 수 있는 영광.

그것은 오직 왕국 내 최고의 기사에게만 허락된 영예이며 그 전통이란 천 년 이상 불변했다.

하이(High).

긴긴 세월, 그런 엄청난 영예를 열 번 이상 거머쥔 가문에게만 허락된 칭호.

베르가(家)는 자타가 공인하는 르마델 왕국 최고의 기사 가문 중 하나이자 검호들의 신성(神性)이었다.

하이베른.

눈부신 기사의 명예, 그런 유구한 영광의 그늘 아래 살아가는 이들.

종복들조차 자부심으로 가득한, 그 고고한 성소의 중심에서 한 소년이 비틀거리며 걷고 있었다.

척- 척-

단지 걷는 것만으로도 온몸에 비를 쏟아 내고 있는 소년.

위대한 하이베른가의 장자였으나 누구도 인정하지 않는 이름뿐인 대공자.

가문의 모두가 숨기고 싶어 하는 비밀이자 나약함의 상징.

이른바 하이베른가의 치욕.

이미 오래전 유폐당한, 모두의 기억 속에 사라져 간 그가 종복들의 눈앞에 나타난 것이었다.

"……대공자님!"

참지 못한 집사 아길레가 흐트러지는 몸가짐도 불사하고 루인에게 다가갔다.

언제나 절도 있는 예법으로 하이베른가의 혈족들을 보좌하는 그였으나, 지금만큼은 도저히 평정심을 유지할 수 없었다.

"이, 이러시면 안 됩니다!"

아무리 하이베른가의 대공자라지만 명령을 어기고 이렇게 보는 눈이 많은 곳을 활보하는 것은 가문의 율법을 무시하는 행동.

"헉헉…… 아길레……."

간신히 몸을 지탱하며 숨을 몰아쉬고 있는 루인.

이내 그의 힘없는 동공에서 희뿌연 습막이 차오른다.

주름으로 자글자글한 아길레의 눈가, 특유의 살가운 그 얼굴이 자신의 회귀(回歸)를 실감케 했다.

그렇게 루인의 두 눈에 음울한 감정이 서리기 시작하자 아길레는 황급히 그를 몸으로 가렸다.

"대공자님! 보는 눈이 많습니다!"

나약한 이름이나 엄연히 하이베른가의 존귀한 핏줄.

그는 이 많은 종복들이 보는 앞에서 결코 눈물을 보여선 안 될 사람.

"아버지…… 나는 지금…… 아버지께 가야 한다."

"대공자님!"

상상만으로 두렵다는 듯 온몸을 벌벌 떠는 아길레.

유폐지를 벗어나 가문을 활보한 것만으로도 어떤 잔혹한 형벌이 기다릴지 짐작도 할 수 없는 상황이었다.

가주는 그야말로 철혈.

혈족이라고 해도 가율을 어긴 자를 결코 용서할 사람이 아니었다.

"아, 안 됩니다 대공자님! 죽음보다 더한 형벌이 기다리고 있을지도 모릅니다!"

"죽음?"

어떤 감정도 서려 있지 않은 부인의 건조한 웃음.

비틀리고 메마른, 소름이 돋을 만큼 삭막한 그의 조소에 순간적으로 아길레가 주춤 물러났다.

"대, 대공자님?"

또다시 흘러나오는 무심한 음성.

"죽음이라."

셀 수 없는 동료들의 죽음을 타고 넘으며 스스로도 수백 번을 죽어 가며 지금 이 순간 과거로 올 수 있었다.

누구보다 죽음과 가까웠던 자신.

무너질 것만 같은 자아를 이렇게 붙잡고 있는 것만으로도 궁지였기에, 함부로 죽음을 말하는 아길레에게 순간 분노가 치밀었다.

모멸에 가까운 심정.

“형벌 따위를 죽음에 비유하지 마라. 아길레.”

하지만 아길레가 자신이 지나온 지옥을 알 턱이 없다.

문득 시선을 옮겨 정원의 끝을 바라보는 루인.

‘형벌이라…….’

순간 루인의 표정에서 말할 수 없는 슬픈 감정이 떠올랐다.

고작 이 비루한 몸뚱이를 견뎌 온 삶 정도로는 아버지의 선택을 비난할 수 없었다.

다만 두려울 뿐.

비참한 결말을 모두 봐 버린, 이 황무지 같은 마음을 들켜 버릴까 다만 그것이 두려울 뿐이었다.

가늘게 떨리는 어깨.

그렇게 복잡한 감정을 억누르던 루인이 아길레의 손길을 뿌리치며 다시 걸음을 옮기자.

소식을 들은 하이베른의 혈족들이 하나둘 정원에 모습을 드러내기 시작했다.

“정말? 저게 루인 형이야?”

하이베른가의 막내 위폰이 경악의 얼굴을 하고 있었다.

아름답고 시푸른 눈, 화려한 금장 드레스의 소녀 데아슈가 대답했다.

“응. 여전히 볼썽사납지만 그가 맞네. 저게 대공자, 우리 오빠야.”

자신의 오빠를 입에 담고 있었으나 전혀 상관없는 타인처럼 대하는 어투.

더러운 오물이라도 본 듯, 경멸에 가까운 눈빛을 하고 있던 그녀는 차라리 고개를 돌리고 말았다.

그럴 만도 한 것이, 오랜만에 본 자신의 오빠는 더 이상 사람의 몸이라고 할 수 없을 만큼 처참했기 때문.

시종들의 도움 없이는 홀로 식사도 하지 못할 정도로 약해져 버린 대공자.

차라리 같은 혈족이기를 거부하고 싶은 심정.

바라보는 것만으로도 저 저주받은 병이 옮을까 데아슈는 공포에 떨고 있었다.

"어떻게 살아 있지……?"

처음으로 마주한 큰 형에 대한 반가움보다 어떻게 인간이 저런 몸으로 생명을 유지할 수 있는지가 더욱 궁금한 위폰.

"그러게. 이제 그만…… 정말 그만해도 될 텐데."

위폰은 마치 그의 죽음을 종용한 듯한 데아슈의 묘한 어조가 거슬렸는지 미간을 오므렸다.

"그래도 우리 가문의 대공자잖아."

한숨을 쉬는 데아슈.

"휴우…… 바로 그게 문제야. 아버지가 왜 큰오빠를 유폐시켰겠어?"

"많이 아프니까?"

"바보. 저런 몰골을 하고 있는 우리 대공자를 렌시아 놈들이 본다면 어떤 일이 벌어지겠어?"

"뭐?"

하이렌시아가(家).

하이베른가와 나란한 그 이름.

어린 나이에도 위폰의 두 눈에서 강렬한 투기가 피어오른다.

"안 돼! 그건 절대 안 돼!"

"이제 알겠어?"

"……."

루인의 비루한 진면목이 드러나는 순간 귀족 사회에 끼칠 파장은 상상할 수 없는 것이었다.

긍지 높은 하이베른가의 혈족이라면 결코 그런 끔찍한 일을 마주하고 싶지 않을 것이다.

"나였다면…… 벌써 가문의 명예를 지켰을 거야."

그제야 위폰은 큰형을 향한 누나의 혐오를 이해했다.

죽음을 두려워하는 하이베른을 기사라 부를 수는 없는 법.

가문의 명예를 지키지 못한 겁쟁이.

어느덧 위폰 역시 데아슈와 똑같은 경멸의 눈이 되어 루인을 응시하고 있었다.

더없이 비루했다.

명예를 지키지 못한 자의 위태로운 발걸음이.

그럼에도 루인은 그 모든 오욕을 안고 힘겹게 나아가고 있었다.

어느새 도착한 가주실.

호위 기사 네하릴이 절도 있게 검을 치켜들었다.

"하이베른가에 경의를. 대공자를 뵙습니다."

"가주님을 만나겠다."

"죄송합니다."

척.

롱 소드를 사선으로 내리며 루인을 막아서는 네하릴.

가문의 대공자이나 유폐된 신분이었기에 지엄한 가율을 대리하는 호위 기사로서는 용납할 수 없는 일이었다.

루인이 그의 예리한 칼끝을 무심히 쳐다보고 있을 때.

〈들이라.〉

너무나도 그리웠던 아버지의 목소리.

그러나 반가움보다 앞선 감정은 서글픔, 그리고 지독한 원망.

포효하는 사자가 양각된 가주실의 문이 천천히 열리자.

끼이이익-

저 멀리, 그가 보였다.

카젠 사홀 몽델리아 진 베른.

엄청난 미들네임에서 알 수 있듯, 그가 왕국에 남긴 업적이란 일일이 셀 수 없을 정도.

사자의 갈기털로 치장된 저 커다란 가주좌가 작아 보이는 착시를 일으킬 만큼 가히 산과 같은 체구를 지닌 거인.

펜촉을 늘어뜨린 채 무심히 루인을 바라보던 그가 여느 때보다 무료한 음성으로 입을 열었다.

“가율(家律)이 우스웠단 말이더냐.”

힘겹게 몸을 지탱하며 아버지 앞에 마주 선 루인이 웃고 있다.

자신을 속이려는 저 냉엄한 얼굴.

사실은 온 마음에 사랑을 안고 있으면서.

유치하게. 정말 바보같이.

저미는 슬픔을 꾹꾹 눌러 담으며 더욱 활짝 웃어 보이는 루인.

“정말 보고 싶었습니다. 아버지.”

왕국의 위대한 사자가.

세상에 둘도 없는 자신의 아버지가.

저렇게 자신에게 모든 것을 내어 준 채 버티고 있었다.

이미 오래전에 텅 비어 버린 자신의 기량이 들킬까.

억척스럽게 아티펙트로 감추고 있는 저 미련한 아버지는.

여전히 미웠고, 또 사무쳤으며.

“왜 그랬어. 아버지.”

푹-

예전처럼 정겹게 아버지를 부르다, 준비한 단도로 자신의 왼쪽 가슴을 갈라 버린 루인.

“무슨 짓이냐!”

역시. 끝까지 숨기지도 못할 거면서.

"이놈이! 이놈이—!"

가주좌 밑에 숨겨 놓은 아티펙트의 영향을 벗어난 아버지는 역시 가빠진 숨과 창백한 얼굴.

루인은 저 미련한 아버지의 전부를 앗아 간 혈류 마나석을 그렇게 자신의 가슴 속에서 모두 도려냈다.

"끄으으윽……."

가늠할 수 없는 고통이 밀려왔으나 아버지가 보고 있었기에 루인은 얼굴을 찡그릴 수 없었다.

풍화된 석상처럼 굳어 버린 카젠.

상상해 보지 못한 현실, 갑작스레 벌어진 참극 앞에서 그는 아무런 말도 하지 못했다.

이내 정신을 차린 카젠이 아들의 가슴을 빠져나오려는 혈류 마나석을 서둘러 집어넣으려고 하자.

"하지 마. 아버지."

"이, 이놈! 도대체 어떻게 알아냈느냐! 놔라! 이것 놔!"

그 참혹한 저주를 품에 안고 살아가는 이상, 이 혈류 마나석 없이 루인은 단 한순간도 살아갈 수 없었다.

혈류 마나석으로 막고 있음에도 저렇게 처참히 생명력을 흡수당해 말라 가고 있는 마당.

그러나 이미 혈류 마나석의 연결 매개, 요정의 날개로 만든 가느다란 실들이 가닥가닥 끊어져 있었다.

매개가 끊어졌으니 더 이상 혈류 마나석은 루인의 몸에 영향을 미치지 못했다.

"남은 건 얼마 없지만 다시 취해요. 그래야……."

다시 아버지를 잃을 수 없었다.

과거로 돌아가는 것에 성공하면 가장 먼저 하고 싶었던 일.

"무슨 소릴! 네 저주는 어쩌란 말이냐! 나는! 나는……!"

씨익.

'저주가 아닙니다. 아버지.'

오히려 자신을 대마도사로 만든 대륙의 전설적인 마물(魔物).

"그만! 그만! 말하려 들지 말거라! 집사! 시종장! 아무도 없느냐!"

꺼져 가는 의식.

호들갑을 떠는 아버지가 점차 흐릿해진다.

'그만 흔들어 아버지. 어차피 난 죽을 수도 없는 몸이라구.'

"오래 버티시지 못할 겁니다."

하이베른가의 친위 기사 유카인의 담담한 음성이 울려 퍼지자 카젠이 어두워진 얼굴로 입술을 깨물었다.

곧 그의 이글거리는 눈동자가 침상으로 향했다.

온 가슴에 붕대를 칭칭 감은 채 의식을 회복하지 못하고 있는 루인.

'어떻게…….'

체내의 혈류 마나석을 감지할 정도의 감응력을 갖추려면 적어도 7성 이상의 고위 기사나 되어서야 가능한 일.

하지만 루인은 7성 기사는커녕 수련 기사의 역량조차 갖추지 못한 병약한 소년에 불과했다.

"가주님. 이제 결단하셔야 합니다."

"그만."

"카젠!"

친위 기사 유카인의 전신에서 활화산처럼 타오른 강렬한 투기.

하이베른가의 친위 기사를 결심한 후 단 한 번도 사적인 감정으로 가주를 부른 적이 없었던 유카인이었다.

그의 강직하고 올곧은 심성을 누구보다 잘 알기에 카젠은 다소 당혹스러운 심정으로 유카인을 응시하고 있었다.

"저것이 보이지 않는가! 카젠!"

유카인의 시선이 가리키고 있는 것은 아직도 루인이 손에 꼭 쥐고 있는 혈류 마나석.

"대공자는 자신의 혈관을 통째로 베었다! 그것이 의미하는 바를 진정 모르겠는가!"

혈류 마나석에 매달린 가느다란 실들 사이로 복잡한 마력 회로가 그려진 금줄 하나가 숨어 있었다.

그 금줄의 끝단은 루인의 굵은 혈관과 강력하게 흡착된 상태.

마법적 권능으로 이어진 매개였기에 강제로 떼어 낸다면 혈류 마나석의 마력이 모조리 흩어질 수밖에 없었다.

"그냥 떼어 냈다면 분명 대공자에게 실낱같은 희망은 있었을 테지! 하지만 대공자는 혈류 마나석의 잔류 마나를 지켜내기 위해 자신의 혈관까지 통째로 도려냈다!"

혈류 마나석이라는 금단의 고대 시술을 재현해 내려면 막대한 마나가 필요했다.

그 절대량이란 왕국의 기수라 불리던 카젠의 모든 기량을 앗아 가기에 충분했던 것.

루인은 그런 아버지의 소중한 마나를 되돌려주기 위해 자신의 혈관까지 통째로 베어 낸 것이었다.

"죽음을 두려워하지 않는 진정한 기사도요 아버지의 죽음을 바라지 않는 절절한 효심이다! 대공자의 마음을 외면하지 마라 카젠!"

시간이 얼마 없었다.

더 이상 지체했다가는 혈류 마나석의 잔류 마나를 모두 잃어버리게 될 터.

지금 이 순간에도 흘러나오는 마나로 인해 점차 혈류 마나석이 빛을 잃어 가고 있었다.

"카젠!"

평생을 함께해 온 친구가 억척스럽게 결단을 요구하고 있었지만 카젠은 쉽사리 결정을 내리지 못하고 있었다.

"지금 내가 마나를 취한다면 저 못난 놈에게 다시는 기회가 없네."

혈류 마나석에 남아 있는 마나를 다시 취한다 해도 이룰 수 있는 것은 전성기 기량의 절반 수준.

설사 최전성기의 기량을 얻을 수 있다고 해도 아들의 목숨과 맞바꾼다는 것은 카젠에게 상상도 할 수 없는 일이었다.

"후……."

죽어 가는 루인을 다시 처연한 심정으로 바라보는 카젠.

발현되는 순간부터 천천히 생명력이 고갈되는 이른바 '하이베른가의 저주'는 긴 세대에 걸쳐 무작위로 발현되어 온 가문의 저주받은 질병이었다.

"마탑의 늙은이들이 지금 당장 달려온다고 해도 가망이 없다는 것은 이미 잘 알고 있지 않은가!"

수백 년 동안 잠잠했던 하이베른가의 저주가 루인에게서 나타났을 때.

카젠은 오래전부터 가문에 내려오는 혈류 마나석의 마력 도식을 손에 들고 왕국의 마탑을 향했었다.

마력 도식을 본 마탑의 마법사들은 한결같이 이 세계의 지식이 아니라며 경악했고.

그렇게 현자를 중심으로 고위계 마법사들이 모조리 매달렸음에도 삼 년이라는 긴 시간이 흐르고 나서야 겨우 고대의 혈류 마나석을 재현할 수 있었다.

"동맥이 통째로 잘려 나갔네! 어째서 아직 숨이 붙어 있는지는 모르겠지만 다시 그 긴 시간을 어찌 견디겠는가!"

이미 동맥이 잘려 나가 혈류 마나석을 루인의 몸에 다시 연결할 수도 없는 상황.

이성적으로는 혈류 마나석의 마나를 취하는 것만이 분명 최선이었다.

하지만 카젠은 무슨 말을 해도 흔들림이 없었다.

이미 마탑에 전령까지 보낸 상태.

언제까지고 그는 석상처럼 이곳에 서서 마탑에서 올 소식만을 기다릴 것이었다.

결국 유카인은 결단했다.

스르릉-

유카인의 섬뜩한 칼날이 향하고 있는 곳은 카젠 쪽이 아니었다.

츠캉-

가벼운 파공음과 함께 정확히 사선으로 갈라진 것.

그것은 다름 아닌 카젠의 약해진 기량을 감추어 주던 환혹계 아티펙트 '여리고의 환영'이었다.

"유, 유카인! 이게 무슨 짓인가!"

멱살이 잡힌 채 뒤흔들리고 있었으나 유카인의 눈빛엔 한 점의 동요도 느껴지지 않는 담담함 그뿐이었다.

기사의 예법을 다해 담담한 얼굴로 롱 소드를 바치는 유카인.

"무례를 물으신다면 죽음으로 갚겠습니다. 가주."

"너…… 너 이놈!"

분노로 몸을 떠는 카젠.

쪼개진 아티펙트를 바라보는 그의 눈동자가 연신 흔들리고 있었다.

아티펙트 '여리고의 환영'이 사라졌다는 것.

그것은 르마델의 기수이자 하이베른가의 가주 카젠이 재기 불능의 상황에 빠졌다는 것을 왕국 전역에 알리는 꼴이었다.

귀족 사회의 동요는 물론, 왕국의 권력 지형까지 송두리째 바뀔 수도 있는 중대한 사안.

저주에 빠진 대공자의 몰골이 소문나는 것과는 비교도 할 수 없는 대혼란이 벌어질 것이었다.

이제 카젠에게 더는 대안이 없었다.

여리고의 환영 없이는 가주로서의 그 어떤 활동도 무의미했으니까.

결국 카젠은 목숨마저 도외시한 오랜 친구의 결단을 외면하지 못했다.

"녀석이 살아나길 빌어라, 유카인."

이글거리는 눈빛으로 한참이나 유카인을 노려보던 카젠.

그가 곧 가까스로 감정을 억누르며 루인이 손에 쥐고 있던 혈류 마나석을 취한 후 유폐지에서 멀어져 갔다.

유카인이 그의 커다란 등 뒤를 바라보며 쓰게 웃었다.

"정말 죽을지도 모르겠군."

분노로 몸을 데운 카젠을 다시 보는 것.

그것은 유카인에게 실로 반가운 전율이었다.

◆ ◈ ◆

어두운 유폐지 내부.

시체처럼 늘어져 있는 루인의 정수리 부근에서 희미한 자줏빛 기운이 뭉게뭉게 피어오르고 있었다.

스스스스스-

자줏빛 기운은 이내 핏빛으로 물들며 놀랍게도 어떤 형상을 띠기 시작했다.

검붉은 피로 얼룩진 그 존재는, 지독히 잔혹하고 섬뜩한, 도저히 이 세계의 그것이라고는 생각할 수 없을 정도의 기괴한 표정으로 일렁거리고 있었다.

<이런 미친 놈이……!>

지금까지 그 어떤 베른 놈도 스스로 제 심장을 갈라 혈류 마나석을 도려내는 미친 짓을 벌인 적은 없었다.

두고두고 만끽할 탐식의 즐거움이 일순간에 사라져 버린

허탈감이란 이루 말할 수 없이 처참한 것이었다.

곧장 다른 베른 놈으로 숙주를 옮길 수도 없었다.

아무리 자신이 마신(魔神)이라 불린다지만 '존재들의 맹약' 마저 무시할 순 없었으니까.

자신이 빠져나가자 급속도로 죽어 가고 있는 숙주.

〈어쩔 수 없군.〉

아쉽지만 여기까지.

어차피 시간은 자신에게 무한하니 맹약에 따라 먼 훗날 다시 강림(降臨)하면 될 터였다.

그런데 그때.

-쟈이로벨.

한없이 냉랭한 울림.

그것은 분명 누워 있는 저 미친놈, 숙주의 영혼으로부터 전해진 의지였다.

〈날 안다고?〉

놈이 제 심장을 스스로 갈랐을 때보다 지금이 더욱 당혹스러웠다.

마계의 잔혹한 마인들조차도 함부로 말하길 두려워하는 공포의 이름.

다른 존재가 자신의 진명(眞名)을 언급하는 것은 수천 년 만의 일이었다.

무엇보다 인간은 결코 자신의 진명을 알 수가, 아니 알 방법이 존재하지 않는다.

<불가해(不可解)다. 어째서 하찮은 인간이 감히 나의 진명을 말할 수 있단 말이냐?>

진명을 알고 있는 것을 떠나 인간이 자신의 이름을 입에 담는 것 자체부터가 어리석은 자해였다.

인간의 연약한 정신으로는 도저히 견딜 수 없는 전율적인 공포.

허나 저 미친 숙주는 단지 이름을 떠올린 것만으로도 자아가 붕괴되어야 정상이거늘 오히려 더욱 또렷하게 말하고 있었다.

-병신.

순간 쟈이로벨은 자신이 알고 있는 인간의 언어 체계를 의

심했다.

하지만 아무리 자신의 지식을 확인해 봐도 놈이 구사한 언어는 병들어 축 늘어진 몸을 모욕하는 단어, 즉 인간의 욕설이었다.

그러나 자신은 마신.

같잖은 인간의 도발 따위에 평정심을 잃을 정도라면 마신이라 불리지도 않았다.

<미친놈. 이 강대한 기운을 보고도 병든 몸이라고 비웃는 것이냐.>

-어. '므드라'한테 쫄아서 평생 도망만 다니는 새끼.

<뭐, 뭐라고!>

대마신 므드라.

마계에서의 위계는 자신과 같은 반열의 마신(魔神)이었으나 그에게는 진명의 맨 앞에 대(大)라는 서술이 하나 더 붙는다.

<감히! 한낱 필멸자 따위가 본 마신을 능멸하는 것이냐!>

-하하! 반대로 묻지. 그 옛날 그런 필멸자 따위에게 본인의

강림신(降臨身)을 잃은 놈이 누구?

〈헛!〉

-고작 그런 일에 꽁해 가지고 쥐새끼마냥 그 가문에 숨어 들고는 수천 년 동안 후손들의 생명력을 쪽쪽 빨며 복수해 온 네놈이 뭔 마신? 그냥 마졸…… 아니 그것도 과하지. 역시 마물(魔物)이 입에 착 감겨.

〈크아아아아!〉

저주받은 핏빛 기운이 거세게 일어나 유폐지를 온통 휘감는다.

그러나 루인.

옴짝달싹할 수 없는 시체나 다름없는 상황에서도 쟈이로벨을 한껏 비웃는 것을 잊지 않았다.

-아, 난 이만 죽어야 해서. 잘 놀다가 갑니다.

그 어떤 상황에서도 초연하던 마계의 절대자 쟈이로벨은 그렇게 이성의 끈이 끊어지고 말았다.

대마신 므드라에 의해 자신의 진마체(眞魔體)가 뜯겨 나갔을 때도 이 정도까진 아니었다.

<놈! 감히 죽게 내버려 둘 성싶으냐!>

인간의 생명력과는 비교조차 할 수 없는 권능, 마신의 순수한 진마력(眞魔力)이 루인의 육체를 휘감았다.

아무리 피조물이라 하나 인간의 생명을 되살리는 것은 섭리를 거스르는 일.

쟈이로벨은 자신이 끌어올릴 수 있는 한계치까지 진마력을 동원하고 나서야 손상된 루인의 육체를 겨우 복구시킬 수 있었다.

<억겁의 고통을 맛보게 해 줄 것이다! 살아 숨 쉬는 것을 세세토록 후회하게 되리라!>

서서히 눈을 뜨는 루인.

마치 오랫동안 반복한 일인 양 너무나도 태연한 그 표정과 몸짓에 쟈이로벨은 뭔가 기묘한 기시감을 느끼고 있었다.

<본 마신의 다짐이 네놈은 아무렇지도 않단 말이냐?>

피식.

루인의 입가에 맴돌고 있는 것은 조소라기보단 반가움이었다.

처음엔 서로를 향한 적의(敵意)였으며 복수였다.

하지만 최후의 순간.

그는 모든 것을 희생하며 자신을 위해 사멸해 간 영혼의 동반자.

<가, 갑자기 왜 우는 것이냐?>

환한 웃음 뒤에 이어진.

한없이 음울한 눈물.

천천히 몸을 일으킨 루인이, 핏빛으로 너울거리고 있는 쟈이로벨의 강림체와 마주 섰다.

"뭐 하고 있어? 이 세계에서 진마력을 그만큼 썼으니 이목을 끌 만큼 끌었을 텐데."

<무슨 소리냐!>

"안 들어와? 숙주의 영혼 말고 네놈이 지금 숨을 곳이 어딨어? 존재들의 맹약이 안 무서운가 봐?"

아예 할 말을 잃어버린 쟈이로벨.

루인은 한 번도 해 보지 않았지만 꼭 해 보고 싶었던 것이 있었다.

와락!

너울거리는 핏빛으로 지은 표정이 기괴하게 일그러진다.

"반갑다 마물. 정말 보고 싶었어."

◆ ◈ ◆

놈은 용(Dragon)인가?

꼬리에 꼬리를 무는 사유 끝에 마침내 내린 쟈이로벨의 결론이었다.

그것이 아니고서야 도저히 설명될 수 없는 일.

놈이 알고 있는 것은 단지 자신의 진명만이 아니었다. 분명 마계의 사정까지도 훤히 꿰뚫고 있었다.

인간에게 마계(魔界)란, 범접할 수 없는 권능의 영역이자 소스라치는 공포이며 헤아릴 수 없는 미지.

인간의 역사 중 최고라 불렀던 현자들 몇몇이 마계를 탐험하겠다고 꼴깝을 떨어 댔지만, 놈들이 경험할 수 있었던 것은 오직 끝없는 절망뿐이었다.

마나를 다루기 시작한 지 만 년도 채 지나지 않은 미약하디 미약한 종족.

그것도 고작 백여 년 사는 것이 전부인 필멸자의 영혼으로, 무한 그 자체인 마계의 진실을 알 수 있을 리가 없는 것이다.

게다가 더 당황스러운 것은 베른 놈들의 머나먼 시조와 자신 사이에 얽힌 사연까지도 놈이 꿰뚫고 있다는 것이었다.

그 치욕적인 사건은 오직 당사자인 자신과 베른가를 세운 시조 사이의 비밀스러운 일.

인간계는커녕 마계에서조차 아는 이란 존재하지 않았다.

그래서…….

놈은 정말 용인가?

'존재들'의 비호를 받으며 인간계를 관장하는 그들이 아니라면 설명될 수가 없었다.

그들은 세계의 주시자(注視者).

초월적인 지혜로 섭리에 개입해 온 그들만이 오직 마계의 사정과 인간사를 관통할 수 있다.

하지만 그건 말이 되지 않았다.

놈의 강인한 생명력이란 인간의 그것이라고는 믿기 힘들 정도로 역동적인 것이었다.

베른가 역사상 가장 눈부신 먹잇감.

녀석의 탄생 순간부터 숙주로 삼았던 것은 다름 아닌 자신이었다.

그의 일생을 빠짐없이 관찰해 왔기에 놈이 용의 영격을 지녔거나 그 화신체라면 진즉에 눈치채고 경계했을 터였다.

"드래곤 아니다."

순간 멍해진 쟈이로벨.

마치 자신의 머릿속까지 들여다본 듯한 놈의 말에 가히 기가 질릴 지경이다.

-무, 무슨 소리냐?

"네놈의 논리적 접근이야 뻔하지. 원래 본인을 잘났다고 믿는 놈들이 다 그래. 스스로 해석할 수 없는 상황을 마주하게 되면 비현실을 찾게 되는 법이거든. 그래. 내가 어딜 봐서 드래곤의 화신체냐?"

-다, 닥쳐라!

"흐암."

한껏 기지개를 켜던 루인이 불만스러운 시선으로 자신의 몸을 점검했다.

"그만큼 생명력을 골수까지 빨아 먹었으면 복구는 제대로 해 놔야지. 이게 뭐야? 말라비틀어진 힘줄은 그대로고 근육도 제멋대로 뒤틀려 있고…… 풋! 마신?"

-감히! 이 빌어먹을 놈이!

샤이로벨은 황당하기 그지없었다.

생명을 되살리는 일이 무슨 소꿉장난인가?

생명은 섭리다.

동원할 수 있는 진마력의 거의 전부를 희생했을 만큼 막대한 출혈을 감수하고 겨우 살려 놓았거늘 저런 무식한 망발을!

분노로 들끓는 쟈이로벨의 음성이 다시 루인의 머릿속을 가득 메웠다.

-넌 도대체 누구냐? 말하라! 어찌해서 마계…… 아니 본 마신의 사정을 죄다 알고 있단 말이냐!

"내가 왜 말해 줄 거라 생각하지?"

-기필코 네놈의 영육(靈肉)을 갈기갈기 찢어 놓을 것이다! 이는 나 쟈이로벨의 진명으로 확언하노니……!

"거기까지."

얼음장처럼 차가워진 루인의 얼굴.

"여기 마계 아니다. 기껏해야 강림체에 불과한 놈이 약해지지도 않은 멀쩡한 숙주의 영혼을 찢어? 신종 자살이냐?"

순간 쟈이로벨은 전율했다.

이제 확실해졌다.

놈의 지식은 겉만 핥고 있는 허세 수준이 아니었다.

분명 마계의 지식 체계 전반을 꿰뚫고 있었다.

"게다가 진마력까지 죄다 털렸잖아? 회복만 한 달은 걸릴 거면서 허세 부리지 마. 매번 그 허세 때문에 망했으면서 그렇게 못 고치냐."

그 후로도 루인은 쟈이로벨의 아픈 곳을 살뜰하게 찔러 댔고, 결국 주도권은 루인에게 넘어가고 말았다.

"지금은 아무것도 알려 줄 생각이 없으니까 괜히 발악하지 말고 얌전히 있어. 때가 되면 자연스럽게 알게 된다."

루인은 쟈이로벨의 호기심이 길게 유지되면 될수록 자신의 이득이 커진다는 것을 경험으로 알고 있었다.

지독히 두려워하며 고통받았던, 놈에게 당하기만 했던 과거의 개고생을 생각하면 이 정도쯤은 소소한 복수에 불과했다.

아직도 루인은 그때를 생각하면 이가 갈렸다.

곧 루인의 투명한 동공이 향한 곳은 유폐지 내부의 전경이었다.

작은 별장 앞, 쓸쓸한 호수.

오랫동안 가꾸지 않아, 어지럽게 자란 수풀과 화초로 가득한 정원.

아무렇게나 버려진 듯한 이 단출한 공간은, 쓰라린 기억 속의 그 모습 그대로였다.

짓씹으며 견뎌 온 그 모진 기억과 슬픔들이 파고들듯 시야에 담겼다.

피식.

그러나 더 이상 자신은 절망으로 밤을 지새웠던 나약한 영혼이 아니었다.

흑암(黑暗)의 공포.

단 한 사람의 힘이 웬만한 왕국의 군사력과 비견되었던 그 강대한 이름.

대륙에 무수한 공포와 충격을 선사했던 경외의 존재.

대마도사 루인으로서 살아온 경험, 그 억척스러운 삶들이 고스란히 자신에게 남아 있었다.

'최대한 빨리.'

마법을 회복하는 것보다 우선해야 하는 것은 지금 이 시절의 동료들을 한시라도 빨리 만나야 한다는 것이었다.

'그'는 결코 단수의 인간이 막을 수 없는 존재.

동료들의 재능을 인도하여 최대한 일찍 초인급으로 성장시키는 것은 물론, 대륙 전체의 역량까지 모조리 끌어올려야 했다.

참담한 것은 그 모든 것을 이룬다고 해도 승리의 확신이 생기지 않는다는 것.

"후우……."

수백, 수천의 인마들을 벌레를 짓이기듯 쓸어버리는 그의 신적인 권능.

아니 단지 수사에 그칠 것이 아니라 정말로 그는 신일지도 모른다.

하지만 인간의 삶이 신보다 눈부신 것은…….

"처절하기 때문이지."

신이 완벽할 순 있겠으나 인간처럼 처절할 순 없다.

시간(Time).

세계를 관조하는 '존재'들마저도 허물지 못한 그 절대성을 정복하고.

과거로 돌아와 지금 이 자리에 서 있는 자신이 바로 그 치열한 증거.

최후의 최후에 서서 승리를 거머쥘 존재란 틀림없이 인간이라는 것을 루인은 의심하지 않았다.

이어 묵묵히 정원 앞 공터로 걸어간 루인이 몸을 움직이기 시작했다.

인간의 체술도 아닌, 어쩌면 묘기처럼 보이는 그 기괴한 동작들을 확인하던 쟈이로벨이 경악했다.

-네, 네놈이 어찌!

마계의 이름 높은 수련 방식 중에서도 수위를 다투는 마공.

그것은 다름 아닌 진마력을 다루기 위한 최상의 마체(魔體)로 거듭나게 해 주는…….

-네놈이 어찌 나의 혈주마공(血朱魔功)을 알고 있단 말이냐!

혈주마공은 마신의 권능을 가능케 해 준 비전.

휘하의 마장들은 물론이거니와 혈족들에게도 전수해 주지 않은, 그야말로 자신의 전부나 다름없는 보물이었다.

"이까짓 게 뭐 그리 대단한 거라고."

-뭣!

만약 유출된다면 마계대전이 벌어질 수도 있는 마계 최고의 비전이었다.

그럼 엄청난 비전을 뻔뻔하게 도둑질한 것으로도 모자라 쓰레기인 양 폄하하다니!

하지만 분노보다 앞선 것은 도저히 참을 수 없는 의문이었다.

-어떻게 이럴 수가…….

놈을 숙주로 삼으면서 자신의 기억이 일부라도 전이되었단 말인가?

하지만 그런 부작용이 존재했다면 무한의 시간을 지나 왔던 자신이 경험하지 못했을 리 없었다.

하지만 정신계에서는 어떤 일이 일어나도 이상하지 않은 법.

이번이 그 첫 사례라고 해도 큰 상관은 없었다.

놈은 인간이기 때문이다.

-대체 어떻게 도둑질을 해 갔는지는 모르겠으나 참으로 우습구나. 넌 필멸자다. 그 미욱한 정신으로 어찌 무한의 증오를 담을 수 있단 말이냐. 네놈은 결코 혈주의 사념을 완성할 수 없을 것이다.

"어, 그래."

루인은 쟈이로벨이 떠들든 말든 신경도 쓰지 않고 동작만 연계할 뿐이었다.

-핫하! 단지 동작만 시늉하고 있구나! 인간 세상에 널리고 널린 체술을 익히는 편히 오히려 체력 증진에 도움이…… 음?

우득-

사무치는 원한을 입에 물고 짓씹는다.

하늘 끝에 닿은 원념을 폐부에 담아낸다.

피를 게워 응어리진 증오를 되새기고 비루한 육체를 찢어발겨 공포를 거스른다.

툭- 툭-

우드득-

흡사 부활하는 스켈레톤처럼, 루인의 온몸이 기괴하게 뒤틀리고 있었다.

그러다 곧 그의 모든 모공에서 시뻘건 피가 쏟아져 나왔다.

진마력을 담아내기 위한 첫걸음.

혈주신(血珠身).

이미 한 번 지나왔던 길이요 평생을 다뤄 온 힘이었기에, 루인에게는 마치 옷을 다시 입는 것처럼 자연스러운 과정이었다.

-…….

더 이상 쟈이로벨의 영언은 이어지지 못했다.

단언컨대, 무한에 가까운 그의 생(生)에서 지금이 가장 충격적인 순간.

루인이 자신의 육체를 진마력의 그릇으로 만드는 데 걸린 시간은.

단 십 분.

있어서도, 아니 있을 수 없는 일이었다.

모두 빠짐없이 지켜보고도 그 비현실적인 광경을 도저히 받아들일 수가 없었다.

-고작 인간의 원념(怨念)이……!

자신의 강대한 정신으로도 수천 년 동안 증오를 갈고 닦아 겨우 완성한 사념.

아무리 인간의 감정이 다채롭다지만, 무수한 마계대전으로 벼려 온 마인의 증오심, 그 처절한 적의보다도 깊을 수 있단 말인가?

설사 무한한 증오를 담아냈다고 해도 진즉에 미쳐 버릴 일.

인간의 허약한 정신 체계로 그 아득한 증오심을 버텨 냈다는 것이 도무지 믿기지 않았다.

-도대체 넌 누구지?

쟈이로벨의 영언은 한층 긴장되어 있었다.

그것은 인간을 깔보기만 했던 힐난조의 어투가 아니었다.

동격(同格).

어느새 그는 루인을 동격으로 대하고 있었다.

루인이 자신의 얼굴을 뒤덮고 있는 진득한 피를 혀로 핥았다.

"말해 줄 생각 없다니까."

-이익!

흑암의 공포. 대마도사 루인.

대륙의 그 어떤 현자와 초인들도 넘지 못한 거대한 벽.

샤이로벨이 마주하고 있는 것은 '그'를 제외한다면 신적인 존재로 군림하고도 남았을 루인의 진면목이었다.

스스스스-

서서히 기화되기 시작하는 루인의 피.

아지랑이처럼 흩날리다 루인을 중심으로 소용돌이치기 시작한 검붉은 기운이 점차 그의 몸으로 갈무리되었다.

묵묵히 그 모습을 지켜보는 샤이로벨.

마치 과거의 자신을 보는 것 같다.

그러던 중 문득 떠오른 의문.

겨우 그릇을 이루었다고는 하나, 이 인간계에 결코 존재하지 않는 것이 하나 있었다.

진마력(眞魔力).

마계에 너르게 퍼져 있는 농밀한 힘의 집합체.

마나의 순수성과 절대성, 그 질적 차이는 인간계의 마나와는 비교조차 할 수 없는 것이었다.

인간계에 퍼져 있는 마나로는 결코 완성할 수도 없거니와, 설사 가능하다고 해도 필멸자의 미약한 수명 역시 걸림돌.

"역시 그게 궁금하겠지?"

피식 웃던 루인이 다시 핏빛 아지랑이를 일으켜 정원의 바닥에 마법진을 그려 냈다.

후우우우-

잦아든 먼지.

어딘가 모르게 묘한 위화감이 드는 문양.

루인과 시야를 공유하고 있던 쟈이로벨에게서 기괴한 투의 영언이 흘러나왔다.

-설마 저것은!

강마(降魔)의 진!

그것은 마계 초월적 존재들의 사념을 소환하는 초고위계의 마법진이었다.

더구나 진마력 없이 강마의 진을 발동하려면 인간이 지닌 수명의 절반을 바쳐야 했다.

-도대체 누굴!

"네놈 밑천은 이미 다 알아서 말이지. 게다가 숙주 신분으로는 한계도 있고 말이야."

-그러니까 지금 대체 어떤 놈과 계약하려는 것이냐!

퉁명스레 흘러나온 루인의 대답.

"발카시어리어스."

-뭐……?

루인의 새하얀 치아가 고르게 빛났다.

"대악(大惡). 네놈들 대장."

발카시어리어스.

태초의 어둠이라 불리는 마계 최강의 포식자.

-이, 이런 미친놈이!

경악한 쟈이로벨은 루인의 영혼 밖으로 빠져나가려고 발버둥을 치고 있었다.

그러나 이미 모두 진마력을 소진한 그는 끝내 뜻을 이루지 못했다.

Chapter. 2

Chapter. 2

마계의 잔인한 마왕(魔王)들.

그런 패자들 위에 군림하는 마신.

그러나 그는 차원이 다르다.

태초의 어둠. 유일무이한 절대악.

마계 최강의 포식자.

마신이라 불려 온 자신조차도 비견될 수 없는 그 아득한 격(格).

마계의 권력 지형과 같은 하찮은 잣대로는 평가하기 힘든 진정한 의미의 악신(惡神).

그것이 바로 발카시어리어스(Balka serious)라는 이름이 주는 절대성.

단지 듣는 것만으로도 온통 영혼이 녹아내릴 만큼, 그 전율적인 공포가 쉴 새 없이 쟈이로벨을 짓누르고 있었다.

루인의 시야를 통해 마법진을 바라보던 쟈이로벨이 처참한 신음성을 흘린다.

-크으윽!

그의 권좌에서 느껴지던 특유의 신마력(神魔力)이 마법진에 서리기 시작한다.

도저히 믿을 수 없었다.

어떻게 이런 일이 가능한 거지?

마신은커녕 마왕과 계약한 인간만 나타나도 이 연약한 대륙은 처참하게 유린당해야만 했다.

하지만 저 미증유의 신마력을 품어 내고 있는 마법진.

강림의 기운이 느껴지는 것 이외에는 그 어떤 이치도 살필 수 없다.

수만 년에 달하는 자신의 기억을 아무리 살펴봐도 저런 기괴한 형태의 마법술식은 처음 보는 것.

도대체 이 인간의 정체가 뭐길래 마신에 이른 자신의 지혜로도 해석할 수 없는 마법진을 그려 낸단 말인가?

-다, 당장 중단하라! 넌 네 동족들이 걱정되지도 않는단 말

이냐?

그의 신마력이란 그야말로 절대(絶對).

미세한 차원의 틈에서 스며드는 가벼운 신마력만으로도 이 인간계는 용암이 들끓는 지옥처럼 변해 버릴 수도 있었다.

"지껄이지 말고 잘 숨어. 이미 '존재들'의 주시가 시작됐을 거다."

그 말에 뭔가를 느낀 듯, 쟈이로벨이 혼비백산하며 루인의 영혼 깊은 곳으로 숨어들었다.

비록 사념체일 뿐이라도 마계의 절대악을 소환하는 것은 세계의 섭리와 인과율을 단숨에 거스르는 일.

순간.

발광하던 마법진으로부터 흘러나온 칠흑(漆黑)이 촉수처럼 세상을 향해 뻗어 나간다.

다채롭게 발광하며 세상을 수놓던 빛들이 순간적으로 사멸하고.

살아 있는 모든 것들도 동시에 멎어 버린다.

오직 루인.

그만이 너울거리는 칠흑을 직시하고 있을 뿐이었다.

겨울 하늘의 차가운 별처럼, 한없이 투명한 루인의 동공에 창백한 점 하나가 상으로 맺혔다.

<흥미롭다.>

서슬 푸른 날붙이처럼 일렁이고 있는 발카시어리어스의 사념은 분명 식어 버린 마법진을 응시하고 있었다.

분명 저 마법진은 자신의 지식으로부터 뻗어 나간 파편.

허나 다른 이, 그것도 하찮은 필멸자 따위에게 전한 기억은 결코 존재하지 않았다.

또한 자신이 차원 권역을 해석하는 지식의 일부를 인간에게 전했을 리 만무한 일.

발카시어리어스는 단숨에 루인의 본질을 직시했다.

<놀랍군. 시간을 거슬렀구나.>

발카시어리어스는 억겁의 권태를 잊을 만큼의 즐거움을 느끼고 있었다.

인간의 영혼, 그 미약한 그릇으로 파편이나마 자신의 지식을 해석했다는 것은 가상한 일.

물론 그것보다도 더욱 근원적인 의문은 남아 있었다.

<인간이, 내가 만족할 만한 무언가를 내놓을 수 있는 수준이었단 말인가.>

순간, 루인의 얼굴이 악마처럼 기괴하게 일그러졌다.

저 사악한 존재의 단순한 흥미를 위해, 무수한 초인들의 영혼이 허무의 차원으로 빨려 들어갔다.

결코 다시 환생할 수 없는, 한 줌의 의식으로도 남지 못한 완벽한 소멸.

순백의 아르디아나, 그 처연했던 성녀의 마지막 미소가 아른거리자 루인의 입가가 더욱 기괴하게 꿈틀거렸다.

"있지. 억겁의 권태를 견디게 해 준 네 존재력의 본질. 나는 그런 네놈의 의문을 해결해 주고 지금 이 자리에 서 있다."

<불가(不可).>

분노한 듯 더욱 세를 불린 어둠의 촉수들.

자신조차 풀지 못한 섭리의 난제를 미천한 인간의 지혜로 가늠하는 것이 가능할 리 없었다.

루인이 이죽거리며 식어 버린 마법진을 응시했다.

"그래? 그럼 어째서지? 저건 분명 네놈의 파편일 텐데. 절대악이라는 네놈이 아무런 조건도 없이 인간과 거래했다고? 개소리!"

한낱 마계의 마물들조차 인간에게 힘을 내어 줄 때는 조건을 거는 법.

감정의 일부를 내어 주고 영혼을 저당잡힌 흑마법사들의

이야기는 인간들의 소설책에서조차 흔한 소재였다.

하물며 그런 마계의 정점에 있는 절대악임에 그 치밀한 탐욕을 말해 무엇하겠는가.

<원하는 것을 말하라.>

역시 놈은 참지 못했다.

지금의 이 한마디를 위해 죽어 간 모든 동료들.

루인이 마침내 씹어뱉듯 말했다.

"너와의 계약을 희망한다, 발카시어리어스. 매질을 원한다면 내 영력의 전부, 그것도 모자란다면 내 사후의 시간을 모두 네게 저당잡히겠다."

사후의 영혼, 그로부터 억겁 동안 이어지는 노예의 길.

그의 권좌 아래 영원히 귀속될 수밖에 없는 위험천만한 제안이었다.

물빛처럼 투명한 루인의 두 눈.

죽어 간 모든 초인들의 의문이, 전 인류가 알고 싶었던 진실이, 마침내 드러나는 순간이었다.

이 질문으로 도달할 수 있는 것은 두 가지.

절대악 발카시어리어스와 계약하여 '그'와 대적할 수 있는 힘을 갖추거나. 남은 하나는…….

<불가. 섭리의 맹약에 따라 계약자가 둘일 순 없다.>

털썩.

굳은 얼굴로 주저앉아 버린 루인.

모두가 설마하며 우려했던, 그토록 마주하고 싶지 않았던 진실.

그 실낱같은 희망이.

모두의 염원이.

그렇게 물거품이 되어 버렸다.

설마 진짜로 발카시어리어스가 '그'와 계약 관계였을 줄이야!

<인간, 다른 제안을 하겠다. 네 영육을 마계로 소환하여 내 지배권의 절반을 할양하겠다.>

루인의 영혼 깊은 곳에 숨어서 듣고 있던 쟈이로벨이 경악했다.

유일무이의 절대악 발카시어리어스가 지닌 지배권의 절반이라니!

팔대마신조차 휘하로 부릴 수 있는 미증유의 힘.

그것은 인간의 권력, 그 정점이라는 황제 따위와는 비교조차 할 수 없을 만큼 거대한 권한이었다.

그러나 루인은 일언지하에 거절했다.

"꺼져. 앞으로도 너는 영원히 내게서 답을 듣지 못할 거다."

순간 발카시어리어스의 사념체에서 형언할 수 없는 분노가 뿜어져 나와 루인의 몸을 휘감았다.

하지만 그뿐.

맹약을 깨고 신마력을 투사하여 벌레처럼 죽일 수 있었으나, 그렇게 한다면 영원히 의문을 풀 수 없었다.

〈다시 만나게 될 것이다. 인간.〉

화악!

멈춰 있던 시간이 다시 흐르자.

언제 그랬냐는 듯 화창한 햇살이 유폐지에 드리워졌다.

참을 수 없는 열패감, 전부를 잃은 것 같은 허무함에 루인이 주저앉은 그대로 고개를 떨구었다.

최악의 상황.

희망이 아닌 절망만 더해졌다.

멍하니 두 손을 들어 바라보는 루인.

"제길……."

마계의 고위 존재와 계약하여 진마력을 공급받지 못하는 혈주마공이란 생명력만 갉아먹는 계륵.

이제 자신은 더 이상 흑마법사의 길을 걸을 수 없게 된 것이었다.

그렇다고 지금에 와서 가문의 비전을 잇는다는 것은 더더욱 비현실적.

기사(Knight)?

마법이 아닌 다른 역량으로 '그'와 대적한다는 건 상상도 할 수 없었다.

지금까지 익혀 온 흑마법의 지식을 모두 포기하는 것은 지나친 비효율.

진마력이 주는 실체적 효율과 무궁무진한 가능성을 평생토록 확인해 온 자신이었다.

자신에게 흑마법이란 영혼을 다해 숭배해 온 가치, 즉 자아 그 자체.

흑마법에 절어 있는 자의식의 관성을 버리고 새로이 기사의 길을 걷는다는 것은 현실적으로 불가능에 가까웠다.

도대체 이제 어떻게 해야 할까.

그때, 숨죽여 지켜보던 쟈이로벨이 갑자기 경악성을 내질렀다.

-설마! 네놈! 시간을 거슬렀단 말이냐?

발카시어리어스와의 대화를 침착하게 관찰한 끝에 내린 쟈이로벨의 결론이었다.

루인이 허무하게 웃었다.

"금방 알게 될 거라고 했잖아."

설마하니 시간이라는 절대적인 섭리를 거스르는 존재, 그것도 인간이 해냈다는 것을 쟈이로벨은 믿을 수 없었다.

-마법으로 시간의 권역을 해석하려고 했던 존재들은 모두 소멸되거나 미쳐 버렸었다! 도대체 어떻게? 불가능! 결코 불가능하다!

그래. 그렇게 네가 소멸되었지.

하지만 루인은 쟈이로벨에게 굳이 진실을 말해 줄 생각은 없었다.

-나, 나와 계약하자! 숙주의 굴레를 풀어 주는 것은 물론 더없이 순수한 진마력을 공급해 주겠다! 대신 너의 모든 경험을 내게……!

그의 말에 루인은 차갑게 식어 버린, 이제는 그 기능을 다한 오드를 허공에 소환했다.

오드(Ord).

지배자와 계약자와의 약속.

영혼으로 맺어진 채 쉼 없이 타올랐을 그 화려한 불꽃이 그저 잿빛으로 식어 있었다.

"동일한 상대와의 계약은 두 번 다시 일어날 수 없어. 영혼으로 맺은 계약은 시간의 역행으로도 깰 수 없지."

타 버린 재처럼, 처연하고 쓸쓸한 그 흔적에 쟈이로벨은 숨이 막히는 심정이었다.

오드에서 미약하게 느껴지는 자신의 흔적.

-나…… 죽었……던 거냐?

이번에도 침묵하는 루인.

이래 봬도 쟈이로벨은 마신이었다.

영원에 가까운 시간을 보내 온 그에게 있어 죽음이란 상상도 해 보지 않은 결말.

진실을 마주한다면 그 고고한 자의식이 깔끔하게 붕괴될 것이었다.

"몰라."

그대로 바닥에 아무렇게나 누워 버린 루인이 어느덧 석양으로 물들기 시작한 하늘을 바라보고 있었다.

참을 수 없는 슬픔, 비참한 감정이 솟구쳐 그대로 눈가로 흘러내렸다.

검성.

떠올리기도 싫은데 놈은 굳이 나타나 하늘에서 괜찮다고 호탕하게 웃고 있었다.

점점 겹치기 시작하는 동료들.

노을 진 구름 위로 번져 가는 그 모든 추억들이 알알이 가슴에 파고들었다.

이렇게 끝인가.

루인이 그렇게 무기력에 빠져 있을 때, 또다시 쟈이로벨의 음성이 들려왔다.

-네놈이 되찾고 싶어 하는 힘이 설마 마법이냐?

대답 없이 침묵하는 루인을 향해 쟈이로벨은 더욱 의문을 드러냈다.

-인간의 마법을 익히면 그만인 것을 고민하는 이유를 모르겠군.

루인은 어이가 없어 피식 웃고 말았다.

동일한 위계라고 해도 흑마법사와 백마법사의 역량 차이는 실로 어마어마하다.

왜?

적어도 마왕 이상의 고위 존재와 계약했다면, 최소 수천 년, 많으면 수만 년 동안 갈고닦아 완성한 그의 모든 마법 지식을 전수받게 되니까.

이렇듯 흑마법이 인간의 백마법보다 훨씬 강력하고 완성도 높은 것은 역사의 차이.

백만 년을 훌쩍 능가하는 마계와는 달리, 인간의 마법 역사는 고작 삼천 년이 전부였다.

더구나 인간계의 미약한 마나와 마계로부터 직접 공급받는 진마력 사이의 간극은 더 이상 말해 봐야 입만 아플 지경.

그런 사실을 누구보다 잘 알고 있을 쟈이로벨이 저런 바보 같은 말을 내뱉을 줄이야.

"헛소리 그만해. 쉬고 싶으니까 그 바보 같은 입 좀 닫고 있어."

-흥, 누가 바보란 말이냐. 나와 계약했다면 내 지식 전부를 고스란히 이어받았다는 뜻이거늘.

"그래서 뭐? 어쨌다는 건데? 네놈의 마법 지식을 알고 있다고 해서 없는 진마력이 갑자기 땅에서 치솟기라도 한단 말이야?"

쟈이로벨의 냉랭한 영언이 이어진다.

-머저리 같은 놈. 마계의 흑마법과 인간의 백마법은 각기 언어만 다를 뿐 분명 같은 어머니를 두고 있지. 물론 인간이 필멸자인 이상 시간이 절대적으로 부족했겠지만.

인간에게 마인만큼의 긴 수명이 주어졌다면?

한 번도 그런 생각을 품어 본 적이 없었던 루인.

"그럼……?"

-그렇다. 네 지식으로 백마법을 쌓아 올린다면 너는 다른 인간과는 분명하게 다를 것이다.

어리둥절해하고 있는 루인에게로 쟈이로벨의 영언이 쐐기처럼 박혔다.

-인간이라는 존재가 우매할 뿐, 백마법이라고 해서 가능성이 없는 건 아니다.

◆ ◈ ◆

하이베른가의 가주실.

카젠을 바라보는 집사 아길레의 눈동자가 쉴 새 없이 떨렸다.

어딘가 모르게 이질적이었던 과거와는 달리, 그의 분위기는 분명 강건했던 그 옛날 그대로의 모습으로 되돌아와 있었다.

몽델리아 산맥의 지배자 카젠.

그렇게 평생토록 카젠을 보필해 온 집사 아길레가 가장 민감하게 그의 변화를 감지하고 있었다.

"준비는 끝났는가?"

"예, 가주님. 모두 기다리고 있습니다."

오늘은 대하이베른가의 월례 회의가 열리는 날.

광활한 영지로 흩어져 있던 가신들이 모두 모여 각자의 성과를 보고하는 자리다.

카젠이 묵묵히 왕국의 기수를 상징하는 사자관(獅子冠)을 머리에 썼다.

"가지."

가주실을 나선 그가 기다란 회랑을 지나자 종복들이 황급히 엎드려 예를 갖추었다.

사자관을 쓰고 금린사자기를 손에 든 카젠은 더 이상 일개 가문의 가주가 아니었다.

왕국의 권위 그 자체를 대변하는 존재.

금린사자기에 속한 막강한 군권은 가히 국왕의 권력에 비견될 정도다.

끼이이익-

덜컹-

대회의실에 앉아 있던 가신들이 일제히 일어나 허리를 굽힌다.

용맹한 기사가 아닌 자가 없었으나, 감히 금린사자기를 마주 바라볼 순 없었다.

가주좌에 착석한 카젠.

그가 금린사자기를 깃대에 걸자 그제야 가신들이 허리를

폈다.

“얼굴이 보기 좋군, 소로드. 아들이라지?”

카젠의 시선을 받은 기사 소로드가 뒷머리를 긁적였다.

“예. 부끄럽습니다.”

“하하!”

카젠이 웃음을 터뜨리자 여기저기에서 박수와 웃음이 터져 나왔다.

오십 줄을 바라보는 소로드가 마침내 아들을 맞이한 것은 모두의 경사이자 축복이었다.

“이든 경이 이를 갈겠군. 내기에서 졌으니 일 년은 금주가 아닌가?”

씨익 웃으며 이든을 바라보는 소로드.

“잘된 일입니다. 헤네스 포도밭의 절반은 녀석이 해치우던 마당이니 영지민들에게는 축복이지요.”

“뭣이!”

“하하하!”

이어 카젠은 다른 가신들과도 모두 안부의 인사를 나누었다.

가신들의 사소한 사정까지도 잊지 않고 보살피는 그의 덕망이란 하이베른가를 향한 강력한 충성심의 원동력.

하지만 그렇다고 월례 회의가 마냥 회포를 푸는 자리만은 아니었다.

“포돔 지역의 상황은 좀 어떤가? 아직도 그대로인가?”

굳은 얼굴로 카젠에게 서류를 내미는 소로드.

"더 심각해졌습니다. 그야말로 물밀듯이 밀려들고 있습니다. 이제 영지민보다 유랑민들의 수가 더 많을 지경입니다."

그의 곁에 있던 기사 웨거도 거들었다.

"그 여파가 저희 리타 지역까지 미쳤습니다. 점점 유랑민들이 남하하고 있습니다, 가주."

"으음……."

카젠이 굳은 얼굴로 고심하기 시작하자 소로드가 결심한 듯 눈을 빛냈다.

"더 이상 방관할 수 없습니다. 목책을 두르고 경비병들을 배치해야 합니다. 유랑민들을 더 받았다간 영지의 치안을 장담할 수 없습니다."

동의한다는 듯 웨거도 무겁게 고개를 끄덕였다.

"영지에 세금 한 푼 내지 않던 유랑민들을 계속 구휼해 주고 있으니 영지민들의 불만도 만만치 않습니다."

카젠이 단호히 고개를 저었다.

"나더러 지금 왕국 내부에 국경을 만들란 말인가. 비록 유랑하는 처지에 놓였다고 하나 그들 역시 왕국의 신민. 왕국의 기수를 자처하는 하이베른이 백성을 내칠 수는 없다."

"그렇다고 이렇게 무한정 받아 줄 수는 없지 않습니까?"

"그렇습니다, 가주. 이대로 방치한다면 정말 무슨 일이 일어나도 이상하지 않습니다."

"그만. 보웬 공 쪽은 아직도 소식이 없는가?"

소로드가 기다랗게 한숨을 내쉬었다.

"보웬 공에게 긍정적인 답을 기대하지 마십시오. 다리오네 남작가는 이미 파산입니다. 그에게 능력이 있었다면 애초에 그 많은 영지민들을 부랑자로 만들지도 않았을 것입니다. 이미 가문을 정리하고 왕국 밖으로 도주했다는 소문도 있습니다."

도저히 믿을 수 없다는 듯한 눈으로 소로드를 바라보는 카젠.

"그게 사실인가?"

"아직은 소문이지만 그동안의 행적을 살펴봤을 때 사실일 가능성이 높습니다."

"미쳤군."

다리오네 남작가는 왕국의 무수한 길드와 은행들에게 빚을 졌다.

그런 막대한 채무를 뒤로한 채 무책임하게 왕국 밖으로 도피를 하다니!

귀족의 명예도 남작의 권위도 모두 버릴 만큼 절박했단 말인가?

"으음……."

카젠의 답답한 신음성.

회의장의 분위기는 가라앉을 수밖에 없었다.

가주가 왕국의 권위를 짊어진 기수로서의 책임을 운운하는 마당에 마땅한 대책이란 것이 있을 수 없기 때문.

그저 밀려들어 오는 유랑민들을 기존의 영지민과 마찰 없이 지낼 수 있게 독려하는 것만이 최선이었다.

그런데 그때.

끼이이익-

회의실의 문을 열고 천천히 들어오는 소년.

그를 보자마자 카젠이 의자를 부서질 듯 움켜쥐었다.

"루인!"

카젠의 외침에 모두의 고개가 루인을 향해 꺾어졌다.

대공자 루인.

이름만 들어 봤을 뿐 이곳에서 대공자의 얼굴을 아는 사람은 극소수.

그를 한 번이라도 본 사람들만을 추리자면 카젠의 최측근 가신들과 집사, 그리고 직계 혈족들 정도가 전부였다.

모두 쉬쉬하고 있었지만 대공자가 유폐된 신분이라는 것을 모르는 사람이 없었다.

불치의 병이 원인이든 저주를 받았든, 가주가 입을 다문 이상 이들은 단 한 번도 대공자의 안위를 궁금해하지 않았다.

그런데 그런 대공자가 월례 회의에 나타난 것이다.

드르륵-

십 년 이상 공석이었던 의자가 처음으로 주인을 맞이했다.

사자의 갈기로 장식된 후계자의 자리.

하이베른의 적법한 대공자로서 행하는 루인의 첫 번째 의식이었다.

당황스러웠지만 애써 동요를 참아 내는 카젠.

"네가 여기에 어떻게……?"

어제까지만 해도 시체처럼 누워 있었던 루인이었다.

고목처럼 말라 가던, 당장이라도 숨이 끊어질 것만 같았던 아들이 갑자기 이렇게 멀쩡하게 살아나다니!

"앉을 자격이 없는 겁니까?"

어처구니없는 루인의 대답에 카젠은 기가 찼다.

월례 회의의 참가 자격을 묻는 것이 아니라는 것쯤은 알고 있을 텐데?

카젠은 그저 천연덕스럽게 웃고 있는 루인을 이해할 수 없었다.

"이, 일단 먼저 몸을 살피거라. 집사!"

하지만 루인의 투명한 시선은 원탁 위의 서류로 향할 뿐이었다.

묵묵히 읽어 내려가는 루인을 신기한 동물 보듯 쳐다보고 있는 카젠.

그렇게 차 한 잔 마실 시간 동안 꼼꼼하게 서류를 살피던 루인이 문득 아버지를 응시했다.

"가문의 회계를 열람하겠습니다."

"뭣이?"

무표정한 얼굴로 고개를 갸웃하는 루인.

“자격이 없는 겁니까?”

비상시 가주의 직위를 대리하는 하이베른가의 대공자다. 가문의 장부를 보지 못할 이유는 없었다.

문제는 유랑민이 넘쳐나는 지금의 상황에서, 가문의 회계를 열람하는 것이 굳이 무슨 도움이 되느냐다.

그러나 대공자의 자격을 내세우며 해 온 요청. 마땅히 거부할 명분이 없었다.

“회계 장부를 가져오라.”

조용히 허리를 굽히며 회의실을 빠져나간 집사 아길레가 잠시 후 한 아름 회계 장부들을 안고 나타났다.

“지금 모두 살필 것이냐?”

대하이베른가가 집행하는 예산의 양은 실로 어마어마하다. 모든 결산 분야를 살피려면 적어도 사흘 정도의 시간을 통째로 비워야 가능할 것이다.

“개략적인 정도만 보면 됩니다.”

휙휙.

눈부신 속도로 장부를 넘기기 시작하는 루인.

과연 읽어 가며 넘기는 건지 그냥 넘기는 건지, 회의실에 모인 기사들의 표정이 묘해지기 시작했다.

“아? 저는 상관 말고 회의 진행하시죠.”

월례 회의에 처음으로 나타난 대공자가 갑작스레 회계 장부부터 열람하고 있는데 무슨 회의가 진행될 수 있단 말인가?

가주 카젠조차 멍하니 그 모습을 바라보고 있는데 가신들이라고 상황이 다를 것이 없었다.

그렇게 한 시간쯤 지나자.

텁.

회계 장부를 덮은 루인이 깊은 생각에 잠겨 있을 때 카젠의 굵직한 음성이 다시 흘러나왔다.

"이제는 말해 보거라. 갑자기 가문의 회계를 보자고 한 이유가 무엇인지."

루인이 담담하게 대답했다.

"대공자로서 가주님께 제안드리겠습니다. 첫째, 기사들의 훈련 빈도가 너무 잦습니다. 줄여야 합니다. 전투력을 유지하는 데만 집중하시죠. 당분간 훈련을 절반 이하로 줄여야 합니다."

"그게 무슨……?"

하이베른은 기수가다.

왕국 최고의 무력을 상징하는 가문.

한데 그런 가문에 속한 기사들의 훈련을 삼가라니?

"둘째, 생존에 필요한 물품들 외의 사치품들은 가문 내 반입을 금지할 것 역시 제안드립니다. 혈족들이 누리는 사치품목이 많아도 너무 많습니다."

루인이 기사들을 둘러봤다.

"셋째, 가신 여러분들께서 보유하고 있는 전마(戰馬)와 병기들의 규모도 너무 비대합니다. 유사시도 아닌데 엄청난 유지 비용을 굳이 감수할 필요가 없지요."

소로드가 발끈했다.

"대공자님 그게 무슨 소리십니까? 말을 살찌우며 전쟁을 대비하지 않는 기사는 평화를 누릴 자격이 없는 법입니다."

그러나 루인은 아랑곳하지 않고 곳곳에서 새고 있는 가문의 재정을 빠짐없이 집어내고 있었다.

회의장에 모인 기사들.

유랑민 문제만 해도 골치 아파 죽겠는데 뜬금없이 숫자놀음만 해 대는 대공자를 그들은 쉽게 이해되지 않았다.

"갑작스럽게 재정을 긴축하면 반드시 불만이 터져 나오는 법. 그렇지 않아도 유랑민 문제로 뒤숭숭한데 가문을 더 혼란스럽게 만들 순 없다."

아버지를 향해 의문을 드러내는 루인.

"그럼 파네옴 광산은 무슨 돈으로 수습하실 거죠?"

"뭐?"

모두 얼음이 되어 버린 회의장.

"파네옴 광산을 수습하다니? 갑자기 그게 무슨 뚱딴지같은 소리란 말이냐?"

"다리오네가의 파산 이유는 방만한 영지 경영 때문입니다. 파네옴 광산에서 생산되는 막대한 철광석만 믿고 모든 수익금을 펑펑 써 버린 것이 문제였죠."

여기서 지금 그걸 모르는 이는 아무도 없었다.

기존의 광구만 믿고 새로운 광맥을 개발하지 않은 채로 그렇게 골드를 써 댔으니 당연한 결과.

이제는 말라 버린 우물이나 다름없는 파네옴 광산. 당연히 매입해야 할 그 어떤 이유도 없었다.

오히려 그쪽으로는 쳐다도 보지 말아야 했다.

"여기서 보웬 공의 방만한 경영을 칭송하는 자는 아무도 없다. 쓸모없어진 광산을 우리가 왜 수습해야 한단 말이냐."

"그럼 유랑민을 끝없이 받아 주시든지요."

"뭐라?"

카젠은 선뜻 이해할 수 없었다.

파네옴 광산을 수습하는 것과 유랑민을 받아 주는 것 사이에 무슨 상관관계가 있단 말인가?

"모두가 파네옴 광산 하나만 바라보고 살아온 사람들입니다. 엄청난 수의 광부들, 그들에게 술과 음식을 팔아 온 이들, 질 좋은 철광석을 매입하던 길드의 상인들, 대장장이들과 그들에게 숯을 납품하던 벌목꾼들까지……."

다시 처음으로 되돌아가는 루인.

"그들이 처음부터 유랑민이었습니까?"

그제야 루인이 무슨 말을 하고 있는지 모두 이해한 카젠이 쓴웃음을 머금었다.

"모두 말라 버린 광산이다. 설사 우리가 매입한다고 해도 우리가 어떻게 광맥을 새로 개발할 수 있겠느냐?"

상인으로서 부를 쌓아 작위를 받은 다리오네가와는 달리, 하이베른가는 이름 높은 기사의 가문이었다.

왕국이 다리오네가에게 파네옴 광산을 맡긴 것은 그들에게 광산을 경영할 역량이 있었기 때문.

불행하게도 하이베른가는 복잡한 이권에 얽혀 상인들을 다루고 재물을 불리는 수완이 터무니없을 만큼 모자랐다.

"광맥을 왜 우리가 개발합니까? 빚잔치당하지 않기 위해 발 벗고 나설 이들은 따로 있지 않습니까?"

눈이 시뻘겋게 달아오른 빚쟁이들.

카젠은 보웬 공을 죽어라 찾고 있을 그들을 떠올렸다.

하지만 또다시 떠오른 의문.

"나더러 광산을 사라고 했으면서 채권자들에게 개발을 맡긴다니? 남의 재산에 누가 발을 담근단 말이냐?"

"후우."

도대체 얼마나 더 말해 줘야 이해를 할는지.

머릿속까지 근육으로 가득 차 버린 이 기사의 가문.

천 년 전만 해도 거대했던 가문의 봉토가 왜 이렇게 쪼그라들 수밖에 없었는지 이해가 되고도 남음이었다.

"지금 그 광산을 가장 매입하고 싶은 사람들은 보웬 공의 채권자들일 겁니다. 타국에서 기술자를 납치해 오든 집채만 한 폭탄으로 광산을 통째로 터뜨리든 그들이 가장 먼저 광맥을 찾고 싶어 한단 뜻이죠. 그것이 빌려준 돈을 회수할 수 있는 유일한 길이니까.”

루인의 눈빛이 강렬해진다.

“하지만 그럴 수 없죠. 왜? 상인은 왕국의 재산을 함부로 탐낼 수 없으니까. 그래서…….”

루인이 소로드를 바라본다.

“경은 목책을 치고 경계를 설 것이 아니라 보웬 공 본인 혹은 가주인(家主印)을 지닌 후계를 찾아야 합니다. 그리고 아버지께서는 지금 당장 왕성으로 출발할 채비를 하세요.”

“……왕성?”

“명분도 좋지 않습니까? 유랑민의 남하. 혼란스러운 영지를 수습할 수밖에 없는 긴박한 상황. 이 모두를 국왕께 아뢰고 광산의 운영권을 받아 오십시오.”

모두가 멍하니 루인을 바라보고 있었다.

마법사.

한없이 사유(思惟)하는 존재들.

마법사의 정점에 선 자를 우리는 현자(賢者)라 부른다.

그리고 대마도사 루인은 그런 대륙의 현자들이 단 한 번도 넘어 보지 못한 정점이었다.

◆ ◈ ◆

심호흡으로 마음을 정갈하게 다스린다.

의식을 깊게 드리워 수집한 정보들을 체계적으로 나눈다.

무수히 분화된 경우의 수를 일일이 확인하여 부정적인 변수를 제거하고.

열화(劣化)시켜 쓸모없다고 판단 내린 방향성들까지 잊지 않고 다시 한번 되짚는다.

마침내 도출된 결론을 스스로 납득할 수 있을 때까지 수없는 검증으로 괴롭힌다.

대마도사의 삶 속에서 습관적으로 얻게 된 루인의 마인딩 기법.

복잡한 마력회로를 돌리는 듯한 이 특이한 과정은 어떤 논리적 결함도 허용하지 않았다.

초고위계 마법사들이 현자(賢者)라 불리는 이유.

강력한 마법보다 오히려 그들의 현명함, 그 놀라운 지혜와 안목이 더욱 가치 있기 때문이다.

이름 높은 왕들은 현자들을 조언자로 맞이하기 위해 혈안이었다.

카젠이 바보가 아닌 이상 루인에게서 그런 현자의 면모를 느끼지 못했을 리가 없었다.

"월례 회의를 종료한다. 모두 돌아가 명령을 기다리도록."

가신들이 엄정하게 예를 표하며 회의실을 빠져나가자 카젠이 사자관을 벗어 원탁 위에 올려놓았다.

아버지의 반응을 묵묵히 기다리고 있는 루인.

"그럴싸하나 단편적이다. 왕에게 부탁을 한다는 것은 빚을 진다는 것. 이 왕국의 기수(旗手) 카젠이 고작 하찮은 광산 하나 때문에 왕가에 빚을 지란 말이냐."

굳건히 드러난 자부심.

그것은 단순한 오만이 아니었다.

르마델 왕국의 하나뿐인 공작가.

군권의 절반을 쥐고 있는, 천 년 이상 지속되어 온 기수가의 긍지가 그의 명예 위에 철갑처럼 덧씌워져 있었다.

루인이 희미하게 웃었다.

"루어스 대평원 끝자락까지 닿아 있던 광활한 강역, 삼만에 달했던 거대 병단, 이백육십만의 인구, 세금을 바치지 않는 완벽한 자치권, 그 옛날 베른 공국(公國)의 위상은 지금 어디에 있습니까?"

카젠의 동공이 완연한 분노로 이글거렸다.

"무슨 소리를 하고 싶은 것이냐."

루인이 창밖을 향해 시선을 옮기며 읊조리듯 입을 열었다.

"이 좁은 봉토로 만족하시려거든 지금처럼 그렇게 기수의 긍지만으로 사십시오. 이름뿐인 대공(大公)이니 이젠 한물가 버렸느니 하는 귀족들의 수군거림도 신경 쓰지 마십시오."

"선을 넘지 마라. 루인."

얼마나 참고 있었는지 카젠의 전신에서 아지랑이처럼 투기가 피어오르고 있었다.

강렬하게 타오르는 눈빛.

그토록 보고 싶었던 아버지였으나 막상 저 무시무시한 눈빛을 바라보고 있자니 루인은 질식할 것만 같았다.

과거와는 달리 대마도사의 고고한 자아를 품고 있는 자신이었기에 그것은 적잖은 파문이었다.

과연 대하이베른가의 가주.

왕국의 기수다운 기도다.

그러나 루인은 아버지를 시험해 보고 싶었다.

아버지의 검이 품고 있는 것이, 고작 기수가의 긍지가 전부라면 굳이 과거의 영광을 떠올리게 할 필요도 없었다.

"광산 하나를 차지하는 것만으로 진정한 대공가로 거듭날 수 있단 말이냐."

"전쟁의 양상을 바꾸는 것은 기사도 전마도 아닙니다."

"그럼?"

"밀(Wheat)과 철(Iron). 작은 시작이겠으나 무시할 수 없는 기반이 될 겁니다."

전황을 바꾸는 힘이란 강력한 기사도 전마도 아닌 밀과 철이라…….

그런 루인의 말은 카젠에게 큰 울림으로 다가왔다.

하지만 그것은 무인이 아닌 전략가의 시선.

기수가의 대공자라면 강력한 무위와 정신으로 전장을 지배할 수 있다고 믿어야 했다.

"그밖에도 파네옴 광산으로 얻을 수 있는 이득은 여러 가지입니다. 파네옴 산과 인접한 영지는 세헬. 렌시아 놈들과 밀접한 관계를 맺고 있는 가문이지요. 렌시아가의 동향을 지근거리에서 파악할 수 있습니다."

"……."

"또한 광업에 관련된 길드들을 우리 영향력 아래 흡수하는 것도 굉장한 효과를 가져올 것입니다. 위기 상황에서 촘촘한 정보망만큼 힘이 되는 것도 없지요. 능력 없는 보웬 공에게 빌붙어 살던 자들이니 다루기도 쉬울 겁니다. 적당히 회유책을 제시하거나 압박을 가하면 쉽게 부릴 수 있는 자들입니다."

조금씩 분노를 가라앉히던 카젠이 다시 예의 냉랭한 눈빛을 발했다.

"또?"

"지금까지 제가 말한 모든 이득보다 더 대단한 효과가 하나 더 있습니다."

"그게 뭐란 말이냐?"

루인의 침잠하는 두 눈.

"귀족가의 암투를 늘 고고하게 관망만 하던, 그토록 고상하기만 했던 하이베른가도 이제 제 이득에 따라 움직일 수 있다. 왕국 최고의 귀족인 대공(大公)이 속물처럼 변할 수도 있다."

루인이 손가락을 들어 천천히 왼쪽으로 기울였다.

"추가 기울 겁니다. 기수가의 놀라운 변신은 반드시 기존의 질서를 혼란에 빠뜨립니다. 렌시아 놈들에게 줄을 섰던 이들이 이제 눈알을 굴리기 시작하는 거죠."

이 대목에서만큼은 카젠도 조금 놀랄 수밖에 없었다.

결코 지혜라는 단순한 잣대로써 설명할 수 없는, 도저히 그 나이의 안목이라고는 믿기 힘든 면모가 엿보였기 때문이다.

그러나 그는 여전히 감정을 드러내지 않은 채 무심한 표정을 유지하고 있었다.

"더 묻고 싶은 것이 있다."

"말씀하십시오."

루인을 응시하는 의뭉스러운 눈빛.

"이렇게까지 생각한 너라면 분명 알고 있을 것이다. 보웬 공의 광산을 수습하는 데는 그다지 많은 돈이 필요하지 않다는 것을."

왕국의 기수 하이베른.

다리오네가와 길드들 사이의 채무 따위는 충분히 조율할 수 있는 권위를 지닌 검술 명가.

하이베른가가 보증을 서거나 채무를 떠안는 조건으로 보웬과 협상을 한다면 분명 광산을 헐값에 매입할 수 있는 터.

이미 다리오네가는 막다른 골목이었다.

"본 가의 역량을 생각한다면 충분히 그럴 수 있겠죠."

"그래서 묻겠다. 네 재정안은 지나친 긴축. 혈족과 가신들을 옭아매려는 진정한 의도는 무엇이냐?"

루인이 담담하게 대답했다.

"아버지의 마지막 영지 순찰은 언제였습니까?"

"영지 순찰……?"

환혹계 마법이 서린 여리고의 환영은 매우 민감한 성질을 지닌 아티펙트다.

고정된 곳이 아닌, 쉴 새 없이 흔들리는 마차 안에선 하마터면 환영 마법이 깨질 수 있었으니 웬만해선 성 밖으로 나가지 못한 카젠이었다.

"힘을 다하신 아버지께서 할 수 있었던 것은 가주좌에 앉아 그저 귀를 여는 것뿐이었습니다. 그 세월만 십 년. 그렇게 아버지와 제가 바보로 있는 동안 삼촌들은 힘을 키웠고 고모들이 이권을 차지했죠. 각 지역의 가신들 역시 마찬가지입니다."

"……."

"지나친 물자 비축, 과도한 훈련 비용, 회계의 기본을 깔끔하게 무시하는 출납기록까지. 이건 단순히 방만한 수준이 아닙니다. 왜 그들의 창고를 한 번도 들여다보시지 않으셨습니까? 서류로만 접하는 세출을 정말 온전히 믿으셨습니까?"

"그들은 기사다."

한숨을 내쉬며 말을 이어 가는 루인.

"후…… 기사도 인간입니다. 거친 푸성귀보단 부드러운 고기가 더 먹고 싶고, 배에 기름이 끼면 서는 것보다 눕는 것이 더 편한 인간 말입니다."

아들이 순결한 기사도를 모욕하고 있었으나 카젠은 감히 반박할 순 없었다.

인간의 완악한 본성, 그 깊은 내면의 욕망들은 고결한 기사라고 비껴가진 않았다.

"그들이 진정……."

"아버지께서 수에 밝으셨다면 진즉에 파악할 수 있는 일이었습니다. 곳곳에 조작의 흔적이 역력하니까요."

사실 카젠은 회계 장부를 신경 써서 들여다보진 않았다.

하루가 다르게 말라 가고 있었던 루인.

드높은 명예도 강력한 검술도 녀석의 불치병 앞에서만큼은 한없이 무기력하기만 했다.

하지만 인간의 마음이란 세월 앞에 얄팍해지는 법.

어깨를 짓누르는 기수의 무게가, 영지를 살펴야만 하는 대공의 책임이, 자신의 슬픔을 나약함이라 여기도록 만들었다.

유폐의 명을 내린 것 역시 아들을 보호하기 위함이 아닌 어쩌면 자신을 위했던 것일지도 모른다.

보지 않는 것이 그나마 견디기 쉬웠으니까.

카젠이 고개를 들어 다시금 자신의 아들을 바라본다.

단지 유랑민에 관련된 보고서 한 장과 회계 장부를 들여다본 것만이 전부.

한데 모든 사안의 해법을 넘어, 가문이 나아갈 방향성까지 제시하고, 왕국의 기수를 자처하던 자신의 정신까지 일깨운

다라…….

"이제야 묻겠다. 넌 누구냐."

지극히 단편적인 정보만으로도, 이토록 사안을 폭넓게 조망하고 무수한 논리적 기재와 당위성을 만들어 내는 통찰력.

그것은 열일곱 소년으로서는 결코 메울 수 없는 경험의 간극이었다.

무엇보다도 루인은 자신의 아들.

한순간도 병마를 벗어나 본 적이 없는 녀석의 영혼이 얼마나 망가지고 있었는지는 자신이 누구보다 잘 알고 있었다.

그런 황폐한 마음으로 어떻게 이런 지혜를 품을 수 있단 말인가.

"무슨 뜻입니까?"

"날 바보로 여기느냐?"

가망 없이 죽어 가던 루인이 살아난 것만으로도 믿기 힘들 지경.

하물며 아득한 현자가 되어 나타났으니 카젠의 의심은 당연한 것이었다.

"의심을 가지실 거면 제가 혈류 마나석을 도려냈을 때부터 했어야죠."

씨익.

웃고 있는 아들을 멍하니 바라보고 있는 카젠.

듣고 보니 그것도 그렇다.

일순간의 망설임도 없이 스스로 심장 어림의 동맥을 잘라 버린 루인.

평생을 고련해 온, 강철 같은 정신력으로 무장된 기사들에게도 그것은 쉬운 일이 아니었다.

인간이라면 본능적으로 죽음을 두려워하는 법.

"……."

루인은 그렇게 혼란스러워하는 아버지를 담담히 바라보고 있었다.

세상의 모든 이를 속일 순 있어도 아버지를 속일 수는 없다.

하물며 이 못난 아들을 지키려고 당신의 모든 것을 희생하신 아버지임에야…….

마음은 모두 말해 드리고 싶다.

적어도 이 바보처럼 억척스러운 아버지에게만큼은.

하지만 집안 대대로 내려온 참혹한 저주가, 마신이라는 비현실적인 존재의 객기였다는 것을 과연 받아들이실 수가 있을까?

천 년 이상 하이베른가를 괴롭혀 온 저주의 정체가 모두 쟈이로벨의 장난질에 불과했다는 사실을 아신다면…….

더욱이 그런 미친놈과 자신의 정신이 연결되어 서로 영향을 끼치고 있다?

이 꽉 막힌 아버지는 결코 용납하지 못할 것이다.

무엇보다 섭리를 역행한 자신.

회귀에 얽힌 비밀은 세상에 함부로 말할 수 있는 종류가 아니었다.

그렇게 한참 동안 복잡한 얼굴을 하고 있는 루인.

"무슨 일이 있어도 말하지 않겠다는 얼굴 같구나."

카젠의 두 눈이 더욱 깊게 가라앉는다.

"어설픈 핑계 따윈 통하지 않는다는 것을 아는 게지. 네가 보여 준 통찰력은 단순한 지혜 이상의 것. 만약 십 년 이상 유폐지에서 지내는 동안 지식을 쌓았다느니 하는 허술한 거짓말을 했다면 나는 너를 가문에서 당장 추방했을 것이다."

루인이 씁쓸하게 웃고 있었다.

검 하나로 왕국을 짊어지고 이 나라 무력의 정점에 서 있는 기사.

이 눈앞의 거인은 자신의 아버지이기 이전에 위대한 하이베른가의 대공이었다.

자신 역시 엄청난 위업을 달성한 대마도사.

그러나 아버지 또한 르마델 최고의 기사다운 안목과 권위를 지닌 절대자로서 모자람이 없었다.

"돌아가서 쉬거라."

미련 없는 담백한 아버지의 말투에 루인은 선뜻 이해할 수 없다는 표정이었다.

가문에서의 축출까지 언급한 마당에 이대로 돌아가라는 명이 납득되지 않았기 때문이다.

"의심을 거두시겠다는 뜻입니까?"

카젠이 나직이 고개를 가로저었다.

"그저 머리로만 이해됐을 뿐이다. 이 정도 지혜를 지닌 놈이라면 망설임 없이 가슴을 도려낸 것 역시 어리석은 만용이 아니라 계산이었던 게지. 반드시 살 수 있을 거라는 확신."

루인이 입술을 달싹이며 머뭇거리고 있을 때 카젠의 진중한 음성이 또다시 울려 퍼졌다.

"어째서 혈류 마나석을 알아차린 건지, 어떻게 살아날 수 있었는지, 세월을 뛰어넘는 그 지혜는 또 무엇인지…… 이 아비는 어느 하나 가슴으로 받아들여지지 않는다. 허나……."

카젠의 표정이 부드럽게 변한다.

"너의 몸짓과 숨소리, 또 말투, 그 눈빛까지…… 어느 하나 내 아들이 아닌 것 또한 없구나."

루인이 욱하고 치미는 뜨거움을 겨우 참고 있을 때, 카젠이 그의 두 어깨를 잡으며 눈시울을 붉혔다.

"하이베른의 대공자여. 나의 장자, 나의 아들아."

"아버지……."

루인이 천천히 고개를 들어 아버지와 시선을 맞춘다.

"그저 네가 건강한 모습으로 회복할 수만 있다면…… 오직 그것만이 이 카젠의 유일한 소원이었다. 잠시 욕심을 부린 못난 아비를 용서해 다오."

자식은 특별히 무언가를 증명할 필요가 없다.

단지 살아 있음에, 건강하기만 하다면 부모는 한없이 기꺼운 것.

그것이 이 세상 모든 아비의 마음.

"장성한 하이베른가의 대공자에게 비밀이 생겼다는 것은 기사가 되어 가고 있다는 증거."

더없이 환하게 웃는 카젠.

"기사에게 있어 비밀이란 신념(信念)의 또 다른 이름이 아니더냐."

세상의 모든 아비가 그렇듯, 그의 눈빛은 너무도 따뜻했다.

"이 아비는 기꺼이 네 신념을 지켜 줄 것이다. 루인."

Chapter. 3

Chapter. 3

루인이 건강을 회복했다는 소식은 빠르게 가문으로 퍼져 나갔다.

함부로 감정을 내보였다간 경을 치는 하인들이야 내색하지 못했지만 혈족들, 특히 루인의 형제들에게는 큰 충격이 아닐 수 없었다.

"형이 돌아왔다고?"

"그렇다니까! 지금 큰오빠를 수련장에서 보고 오는 길이야!"

"수련장……?"

"응! 병도 다 나았데!"

데아슈의 맞은편에서 굳어 버린 소년은 차남인 데인 베른.

루인과는 달리 천재적인 검술 재능을 지닌 그는 하이베른가의 새로운 후계자로 손색이 없는 인물이었다.

걸림돌이라면 오직 나이.

베른가의 성년을 상징하는 십오 세가 되면 그가 차기 대공자의 자리를 차지하게 되리라는 것을 가문의 누구도 의심하지 않았다.

"어떻게 그럴 수가……."

말도 안 되는 일이었다.

기억 속의 형 루인은 언제나 해골이 연상되는 처참한 몸으로 누워만 있던 사람이었다.

보고 있는 사람까지 힘들 정도로, 동정하는 마음조차 생기기 어려운 참혹한 몰골 그 자체였던 사람.

그렇게 비참하게 생을 이어 가던 형이 갑자기 건강하게 나타났다는 사실을 데인은 인정하기가 힘들었다.

"직접 봐야 되겠어. 안내해."

"응!"

데인이 데아슈의 안내를 받아 수련장에 도착했을 때, 루인은 그저 수련장 한가운데 서서 담담히 하늘만 올려다보고 있었다.

묘한 얼굴의 데아슈.

"아직도 저러고 있네. 벌써 몇 시간째인지 모르겠어."

그런 루인의 행동이 무엇을 의미하는지 데인 역시 파악하기가 힘들었다.

"계속 저렇게 서서만 있었다고?"

"응. 아침부터 꼬박. 한 번도 움직이지 않았어."

역시 묘한 표정을 숨기지 못하고 있는 데인.

적어도 자신이 알고 있는 가문의 수련법 중에서는 저런 모습이 존재하지 않았다.

하긴 가문의 비전검술을 수련하고 있는 중이라면 수련 기사들이나 사용하는 수련장에서 하진 않았을 것이다.

"형……?"

루인의 투명한 시선이 동생들에게 향한다.

어떤 감정도 섞여 있지 않은 무의미한 눈동자.

데인은 순간적으로 뒷걸음질 치려는 자신을 겨우 통제했다.

'뭐, 뭐야!'

그것은 투기도 뭣도 아닌 그야말로 순수한 사람의 기세.

사상 최고의 천재라 불리며 불과 십사 세의 나이에 3성 기사의 경지를 이룩한 자신이 느낄 위압감은 결코 아니었다.

"무슨 일이지?"

"……."

데인은 건강한 형의 몸을 보고 있자니 막상 대꾸할 말이 떠오르지 않았다.

분명 흉측한 골격이 고스란히 드러나 언제 죽어도 이상하지 않을 위태로운 몸이었다.

형의 몸 곳곳에서 펄떡이던 핏줄을 보며 소름이 돋았던 기억이 지금도 선명하다.

그러나 완전히 달라졌다.

비록 마르고 생기 없는 모습은 여전했으나 탄탄했고 또 강해 보였다.

"용건이 없다면 방해하지 말고 물러들 가거라."

이번에도 순간적으로 물러날 뻔했다.

자꾸만 움츠러드는 자신을 도저히 이해할 수 없었던 데인이 진득하게 입술을 깨물었다.

바위처럼 무거운 압박감.

그것은 분명 아버지나 유카인 삼촌에게서나 느낄 수 있었던 권위와 기세.

이게 하이베른가의 치욕이라 불리던 형이라고?

그렇게 루인에게 두려움을 느꼈다는 것을 인정할 수 없었던 데인은 결국 오기를 부렸다.

"방해하겠다면?"

맹렬한 투기를 드러내고 있는 데인을 무심히 바라보는 루인.

"타인의 수련을 방해하는 기사라……."

데인이 피식 웃었다.

"그까짓 게 수련일 리가 없잖아? 멍하니 하늘만 올려다보고 있는 게 수련이라면 숨을 쉬는 것도 수련이겠지."

루인이 흥미를 잃은 표정으로 다시 하늘을 올려다보았다.

데인의 어린 모습을 보면 어떤 기분일까 궁금했는데 역시 좋은 감정은 들지 않았다.

검술왕(劍術王) 데인.

르마델 왕국이 자랑하는 천재 기사.

하이베른가 역사상 최연소 가주.

하지만 그는 희대의 초인, 검성(劍聖)이라는 이름에 눌려 평생토록 스스로를 할퀴던 안타까운 무인이었다.

머나먼 시간을 되돌아와 이렇게 마주하는 동생이 반가울 만한데도 루인의 두 눈이 한없이 차가운 이유.

하이베른가의 멸망.

그것은 어떤 것으로도 정당화될 수 없는 검술왕 데인의 죄업 때문이었다.

'후…….'

이렇게 과거로 돌아와 그의 타오르는 눈을 직접 보고 있자니 알 것 같았다.

인간의 심성을 갉아먹는 치명적인 해충, 오만(傲慢).

저 옹졸함은 세월이 흐르면 흐를수록 올무처럼 그를 옭아맬 것이고 또 그의 시야를 흐릴 것이다.

언제고 그 단단해진 오만이 검성이라는 거대한 벽을 마주하게 된다면 이번에도 데인은 끝없이 스스로를 할퀼 것이다.

그것은 결코 루인이 바라지 않는 일.

"어리석은 놈."

잔뜩 일그러진 표정의 데인.

“뭐라고?”

아버지에게조차 들어 보지 못한 치욕적인 언사, 자신에게 어리석다 운운한 사람은 지금까지 가문에 아무도 없었다.

“그 간단한 말을 알아듣지 못한 것이냐? 멍청하기까지 하군.”

“뭐……?”

뿌득.

얼마나 세게 짓씹었는지 찢어지고 만 데인의 입술.

위대한 하이베른가를 긍지로 삼아 온 이상, 기사의 명예를 한시도 잊어 본 적 없는 데인이었기에 더없는 모욕을 느낄 수밖에 없었다.

곧 데인이 차가운 눈으로 장갑을 벗어 루인을 향해 던졌다.

툭-

자신의 몸에 맞고 바닥에 떨어진 장갑을 무심히 응시하는 루인.

“혈족 간의 결투는 가율로 금지되어 있다는 것을 모르지 않을 텐데.”

“닥쳐! 우리 하이베른가는 가문으로부터 유폐된 자를 혈족으로 생각하지 않는다!”

차앙-

데인이 검을 뽑아 들자 루인이 피식 웃어 버렸다.

“명예마저 버린 놈이구나.”

“뭐?”

순간, 루인의 전신에서 말할 수 없는 광포한 기세가 흘러나왔다.

"상대에게 무기가 없음을 알고도 검을 뽑는 기사란 없다. 기사도를 버린 자와 검을 섞는 것만큼 무가치한 일은 없겠지. 꼴도 보기 싫으니 그만 꺼져라."

자신의 검마저 모욕당했다.

도저히 참을 수 없는 분노에 휩싸인 데인이 눈꼬리를 파르르 떨며 씹어뱉듯 말했다.

"검 가져와."

루인의 입가에 또다시 떠오른 비웃음.

"이제 와서 명예를 챙길 셈이냐. 가상하구나. 그나마 부끄러움은 안다니."

"닥치고 검 가져오라고!"

나직이 고개를 가로젓는 루인.

"기사도도 모르는 애송이와 검을 섞는다라."

그 말을 끝으로 또다시 루인이 진마력 대신 자신의 생명력을 혈주신의 권능으로 서서히 치환하기 시작하자.

-진정 너는 죽고 싶은 게로구나.

루인을 도저히 이해할 수 없는 쟈이로벨.

이미 그는 강마의 진을 소환함으로써 생명력의 절반을 소진한 상태.

한정된 삶을 살아갈 수밖에 없는 필멸자인 이상, 어떤 존재들보다 시간을 소중하게 여길 수밖에 없는 터.

정말이지 이렇게까지 자신의 삶을 하찮게 여기는 인간은 처음이었다.

-네 하찮은 삶이 다하는 것에는 별로 관심 없다. 하지만 그렇게 반복적으로 생명력을 치환했다간 네 혈주신이 깨어질 수도 있다.

루인이 피식 웃었다.

저 자존심 강한 마계의 마신은 지금 자신을 걱정하는 것이 아니었다.

본인의 비전이 저런 애송이에게 깨질 수도 있음을 우려하는 것이다.

그러나 이 정도도 각오하지 않았다면 과거로 돌아오지도 않았다.

이어진 루인의 더욱 진득해진 비웃음.

"언제까지 그렇게 서 있을 셈이냐."

순간 하이베른가의 마샬 워 소드(Martial War Sword)의 검세가 데인의 검에서 뿜어져 나온다.

사자검(獅子劍)이라는 또 다른 이름으로 불리는 이 왕국 최고의 검술은 공간을 장악하는 데 특화된 검술.

소름 돋을 만큼 완벽한 궤적을 뽑아내는 데인의 검을 바라보며, 루인의 입가에 순간이나마 흡족한 미소가 걸렸다.

촤아-

눈부신 검광이 루인의 얼굴을 스친다.

결국 데인은 보고 말았다.

검날에 비친 그 의미 모를 미소를.

완벽하다고 생각한 자신의 공격을 피했다는 충격보다, 그가 웃고 있다는 점이 더욱 기괴했다.

온몸의 털이란 털은 모조리 쭈뼛 설 만큼.

"으아아아아!"

잔뜩 일그러진 얼굴로 공세를 이어 나가는 데인.

그의 검에서 상서로운 빛이 일렁이기 시작하자 루인의 두 눈이 잔뜩 이채를 머금었다.

'벌써 스피리츄얼 오러(Spiritual Aura)를 느끼기 시작했단 말인가?'

기사의 혼, 스피리츄얼 오러.

아직은 미약했지만 그것은 분명 스피리츄얼 오러의 기운이었고, 이는 데인이 4성의 경지를 문턱까지 넘보고 있다는 뜻이었다.

나이를 생각한다면 그야말로 상상도 할 수 없는 수준의 검술!

과연 르마델 왕국의 천재, 하이베른가를 이을 재목이었다.

그러나.

우드득!

순식간에 빈틈을 파고들어 데인의 겨드랑이를 움켜쥔 우악스러운 손길.

데인은 이를 악물고 버티려 했으나 그 고통은 참을 수 있는 성질의 것이 아니었다.

"으아아아악!"

너무나도 담담한, 한 올의 감정도 느껴지지 않는 루인의 눈빛.

"빈틈투성이. 네놈의 검은 겉멋만 잔뜩 들어 있다."

지금 루인의 한 수 한 수는 대륙의 초인들조차 혀를 내둘렀을 만큼 강력하고 잔인한 체술이었다.

오히려 전장에서 그의 마법보다 체술에 죽어 간 이가 더욱 많았을 정도.

잔인하기로 정평이 나 있는 대마도사 루인의 독문체술은 혈주투계(血朱鬪界).

마계의 투신 '그레고라'조차 인정한 대마인전 최강의 전투 체술이었다.

물론 흑마법보다 효율이 떨어진다는 이유로 겉만 핥은 수준에 불과했지만, 적어도 6성 이하의 기사들에게는 충분히 위력적이었다.

"놔! 놓으라고! 으아아악!"

고통에 몸부림치고 있는 데인의 머리를 움켜쥔 채 그대로 바닥에 처박아 버린 루인.

퍽!

"느껴라."

데인으로서는 난생처음 맛보는 비릿한 흙내음.

자신을 죽일 것처럼 올려다보고 있는 데인을 바라보며 오히려 만족스럽다는 듯 루인의 입매가 기괴하게 비틀렸다.

"거기가 바닥이다."

피가 나도록 이를 깨무는 데인.

어느덧 터져 버린 눈물이 쉴 새 없이 흘러나온다.

"화가 나느냐."

"주, 죽여 버리겠어! 이 모욕! 언젠가 반드시……!"

"대상이 틀렸다 데인. 너는 스스로에게 화를 냈어야 했다."

루인의 입가에서 미소가 사라졌다.

"오러를 피워 내기 시작했다고 맘껏 뽐냈을 테지. 그러나 현실은 이 정도가 네 역량이다. 투기도 마나도 없는 내게 단 두 합 만에 겨드랑이를 잡히고 머리채를 내어 준 형편없는 연습량. 박수갈채에 도취되어 버린 천재. 재능에 먹혀 버린 검술."

"뭐, 뭐라고!"

"이 형이 왜 한 번도 여유를 잃지 않고 있는 건지 진정 아무런 의문조차 없었느냐?"

"그, 그건!"

"한 번도 패배를 경험해 보지 못한 애송이일 테니 상대의 실력을 가늠할 필요성도 느끼지 못했겠지. 수련 기사들이 합을 맞춰 상대해 주니 진짜 기사라도 된 듯 신이 나 있었겠군."

타앙-

뚝-

루인의 손놀림에 데인의 검이 부러졌다.

"무, 무슨 짓이야! 내 검을……!"

데인은 화를 내려다 입을 꾹 하고 닫고 말았다.

형의 가벼운 손짓에 어떤 이치와 위력이 담겨 있는지 도저히 읽을 수 없었기 때문이다.

"너는 진검을 들 자격이 없다. 도대체 너를 기사로 서임하고 진검을 내어 준 이가 누구더냐. 설마 아버지?"

"무슨 소리야! 왕께서 직접……!"

그제야 이 철없는 오만의 정체를 깨달은 듯 루인이 지끈거리는 미간을 매만졌다.

어린아이의 재롱은 언제나 늙은이들을 즐겁게 한다.

르마델 왕국 최고의 권력자가 왕국의 보배니 자랑이니 자신을 치켜세우며 기사로 서임해 줬으니 이 바보 같은 놈은 거기에 취해 버렸다.

"잘 들어라. 여기가 전장이었다면 네 목은 벌써 비틀어졌다. 전장의 차가운 흙바닥에서 비명도 없이 죽어 간 시체 중의 하나란 뜻이다."

"……."

루인이 쥐고 있던 데인의 머리채를 놓아주며 천천히 몸을 일으켰다.

"네가 나를 만족시킬 수 있을 때까지 당분간 널 '시체'라 부르겠다."

"큰오빠!"

"너도 닥쳐."

비운의 여인이었으나 데아슈도 가문의 몰락에 지대한 영향을 끼친 어리석은 동생이었다.

"……뭐라고?"

태어나서 처음 듣는 막말에 큰 충격으로 굳어져 버린 데아슈.

"가문은 네 허영을 위해 존재하는 것이 아니다, 데아슈. 네 영혼을 채우는 것이 고작 그 화려한 드레스와 액세서리들이 전부라면 차라리 성 밖으로 나가 이름 모를 방계로 살거라."

"꺄아아아악!"

도저히 듣기 힘들었던지 데아슈는 두 귀를 막고서 비명을 지르고 있었다.

그러나 루인은 결코 멈출 생각이 없었다.

"가문을 내세우지 않는다면 네게 남는 것은 무엇이냐. 남자들의 눈에 띄기 위해 악착같이 사교계를 드나들어 본들 그 화려한 드레스 외에 누가 네게 눈길을 주겠느냐."

루인이 데아슈의 화려한 금장 드레스를 눈짓으로 가리키며 조소를 머금었다.

"너 역시 내 마음에 들 때까지 지금부터 '드레스'다. 받아들이고 말고는 너희들의 자유이니 돌아가서 곰곰이 생각해 보도록."

마음껏 화내 보아라.

너희들의 한계를 스스로 저주하고 나를 마음껏 미워하거라.

그렇게 바닥에 밑바닥까지 가 보거라.

루인의 시린 두 눈이 다시 시푸른 창공을 향했다.

그는 알고 있었다.

밑바닥까지 가 본 인간이 얼마나 무섭게 변모하는지를.

동생들이 그 바닥에서 기어 나올 수만 있다면 대하이베른가의 미래란 결코 어둡지 않을 것이다.

진홍빛 노을이 찾아들자 밤이 찾아왔다.

어스름 속에서 저마다의 빛을 내기 시작한 무수한 별들.

루인이 수련장의 모퉁이에서 하늘을 바라본 것도 벌써 보름째였다.

쟈이로벨은 그런 루인의 행동이 무엇을 의미하는지를 알 수 없었다.

지금까지의 놈이 보인 행동 패턴을 고려한다면 시간을 낭

비하는 성격은 아니었다.

그러니 더욱 궁금해 미칠 수밖에.

-대체 뭘 보고 있는 거냐?

루인이 한껏 달아오른 쟈이로벨의 질문에 피식 웃었다.

"꽤 오래 참아 냈군. 마졸."

젠장! 빌어먹을!

왠지 뭔가 진 느낌이 들자 쟈이로벨은 질문하기 전으로 되돌아가고 싶은 심정이었다.

"왜? 새로운 호칭이 마음에 안 드나? 그나마 마물에서 마졸로 격상시켜 준 건데 말이지."

-…….

도무지 정이 생기지 않는 놈.

자신의 미래를 다 알고 있는 인간을 상대하는 것은 여간 성가신 일이 아니었다.

지닌 정보가 비대칭적이다 보니 매번 끌려다닐 수밖에 없다.

특히 머나먼 위에서 자신을 내려다보는 듯한 저 빌어먹을 말투.

쟈이로벨은 그것부터가 열불이 터져 죽을 것만 같은 심정이었다.

루인이 하늘로 향해 있던 시선을 거두며 수련장 바닥에 아무렇게나 앉았다.

"관찰하고 있었다."

-……무엇을 말이냐?

쏟아지는 별빛의 포말들을 채취하듯, 허공을 향해 부드럽게 손을 뻗는 루인.

"마나(Mana)."

쟈이로벨은 어이가 없었다.

놈이 뱉은 말이 모두 진실이라면 놈은 무려 백 년 이상을 흑마법사로 살아온 인간이었다.

인간의 기준으로는 그야말로 엄청난 시간. 그런 놈이 고작 마나를 느끼기 위해 하늘만 바라보고 있었다고?

-왜지? 너라면 마나를 느끼는 건 일종의 요식 행위가 아니던가?

루인이 심각한 표정으로 고개를 끄덕였다.

"그렇겠지. 네 말대로 지금이라도 당장 마나를 받아들이고 해석하고 가공하며 힘을 구현하는 건 가능하다."

간단하게 말하고 있었지만 그것이야말로 마법사가 지향할 마력회로의 정석.

거기에 복잡다단한 도식을 더하고 시전자의 강렬한 염(念)이 언령으로 시너지를 일으킬 때.

비로소 마나는 파동하여 갖은 힘으로 치환되며, 이 모든 과정을 하나의 술(術), 즉 마법술식이라 부른다.

-그럼 무슨 관찰이 필요하지? 지금이라도 받아들이면 그만이다.

쟈이로벨의 그 말에 루인은 쓰게 웃을 수밖에 없었다.

자신의 고민을 저 무식한 마신 놈이 이해할 수 있을 리가 만무.

무한에 가까운 수명을 지닌 그의 관점에서나 간단한 일이지 인간인 자신에게는 결코 아니었다.

"확신이 생기지 않아."

-확신? 무슨 확신 말이냐?

"지금의 나에겐 과거보다 강해질 수 있다는 확신이 필요하다. 하지만 보이지 않아."

-음…….

비로소 루인의 고민을 이해하기 시작한 쟈이로벨.

무한한 수명을 지닌 자신의 입장에서는 강함이란 미래에 도래될 당연한 결과다.

반면 루인은 필멸자인 이상 반드시 시간의 효율을 따질 수밖에 없는 일.

루인이 다시 허공을 향해 시선을 옮기며 읊조리듯 입을 열었다.

"진마력에 담긴 강렬한 마기를 제외하더라도 품고 있는 힘의 성질 자체가 극도로 단순하다. 너무 단조롭다고."

사실 루인은 마나, 즉 마력에 대해 심각하게 고찰해 본 적이 없었다.

흑마법사의 특성상, 마음속으로 염(念)만 하면 계약을 맺은 당사자로부터 무한적으로 공급받을 수 있는 힘이 바로 마나.

오드(Ord)를 통해 흘러나오는 강렬한 진마력을 술식으로 치환하여 발현하면 그뿐이었다.

그러므로 루인이 평생토록 매달려 온 것은 마법술식 그 자체에 대한 이해.

만 년 이상 축적된 마신의 마법술식을 이해하고 받아들이는 것만으로도 필멸자로서는 벅찬 일이었다.

이렇듯 진마력은 흑마법사에게 마땅히 보증된 힘.

하지만 루인은 막상 백마법의 길을 도모하자니 마나에 대한 근본적인 믿음이 생기지 않았다.

마법사가 마법의 근원인 마나를 믿지 못한다는 것은 치명적이었다.

-인간계의 마나가 진마력에 비해 단조롭게 보이는 건 당연하다. 가장 자연적인 형태로 보존된 그야말로 마나의 원형. 당연히 좀 더 순수할 수밖에.

인간계의 마나에 대한 쟈이로벨의 관점은 루인을 당황하게 만들기 충분했다.

평소 진마력의 순수성과 절대성을 그렇게나 열성적으로 강변하던 놈이었다.

그런 놈이 갑자기 인간계의 마나가 더 순수하다고 말하니 어이가 없는 것이다.

"어처구니가 없군. 진마력의 순수성은 네놈의 영혼에 새겨진 종교와 같은 것이었다. 그런 놈이 이제 와서 마나의 순수를 운운해?"

-미욱한 놈. 서로 다른 순수다.

루인의 표정이 더 황당하게 변했다.

순수(純粹).

전혀 다른 것의 섞임이 없는 고유한 성질.

아무리 생각해 봐도 '서로 다른 순수'라는 말은 성립될 수 있는 의미가 아니었다.

루인이 말했다.

"대체 무슨 소리냐 그건?"

-오히려 내가 묻겠다. 마나란 무엇이냐?

순간, 루인의 두 눈이 심연처럼 가라앉았다.

초인들 위에 군림했던 대마도사에게 초보적인 마나의 이론까지 들먹이다니.

"자연의 음유(陰柔). 우주 만물을 아우르는 대원소들의 합(合). 태고 이래 존재해 온 가장 원형의 정기(精氣)."

기나긴 마법의 역사, 마나를 향한 현자들의 해석은 분분하지 않았다.

이미 하나의 완벽한 정설.

-하하! 역시 인간이군! 필멸자의 어리석은 시선이다!

드디어 루인을 이길 거리가 생긴 쟈이로벨.

"또 버릇 나온다. 허세 빼고 본론만 말해."

연신 음침한 웃음을 날리던 쟈이로벨이 가르치듯 의기양양하게 말했다.

-자, 그럼 설명해 보아라. 마나가 자연의 농축된 음유라면 왜 인간계보다 모든 면이 척박한 마계에 더 풍부한 마력이 존재하는지를.

뭐라 항변하려다 금방 인상을 찌푸리는 루인.

듣고 보니 그랬다.

그동안은 그저 마계라는 다른 차원의 특성이겠거니 여겼다.

하지만 마계의 자연이란 그야말로 황폐 그 자체.

그런 척박한 곳에서 진마력이라 불리는 농축된 마나가 무한히 퍼져 있다는 것은 이론상 성립될 수 없는 현상이었다.

"왜지……?"

마법사로서의 탐구열, 진득한 열망이 가득 담긴 루인의 질문.

-엘프라는 종족은 숲을 좋아하지. 숲에서 흘러나오는 풍부한 마나가 그들을 채워 주기 때문이다.

갑자기 이건 또 뭔 뜬금없는 설명인가.

"허세 부리지 말라고 했다."

-참을성 없는 놈. 자, 그럼 묻겠다. 숲이 마나를 생성한다고 생각하느냐? 아니면 마나가 숲에 모인다고 생각하느냐?

지극히 단순한 쟈이로벨의 말.

그러나 그것은, 루인이 단 한 번도 가져 보지 못한 새로운 관점의 해석이었다.

"그게 무슨 말이지? 네 말은 설마?"

-그렇다. 마나란 우주 자연에 의해 발생하거나 순환되는 정기 따위가 아니다. 마나란 차원이 탄생했을 태초부터 설계된 신의 장난이며 객기. 그러므로 해당 차원에 속한 마나의 절대량은 언제나 불변(不變)한다.

쿵!

가슴이 내려앉았다.

차원에 속한 마나의 절대량이 이미 정해져 있다니!

마나가 우주 자연의 음유가 아니라 태초부터 신이 나눠 준 힘의 일부라고?

순수한 원소들이 쉴 새 없이 순환하며 뿜어내는 힘이 아니라?

-마나가 왜 숲에 모인다고 생각하느냐? 태초의 신이 스스로 창조한 것들 중 가장 흡족해했던 것이 바로 생명. 그것은

바로 생명을 아끼고 기꺼워하는 태초신의 속성이기 때문이다. 마나는 신의 속성을 품고 있다.

-인간…… 너희들이 모르고 있었다고 생각하느냐? 훙! 철학적으로 받아들이지 못했을 뿐 인간들도 충분히 인식하고 있다. 인간 마법사는 왜 마나의 고리를 심장에 맺지?

"생명력……."

-그렇다. 심장이란 생명력의 근원. 생명력이 강한 곳에 모이는 마나의 속성, 즉 신의 속성을 너희들도 느끼고 있는 것이다.

그것은 마치 우주의 거대한 비밀을 알아 버린 기분.

루인이 넋 나간 표정으로 읊조렸다.

"그럼 마계의 진마력은……?"

-크흐흐흐! 마왕이 인간계에 강림하면 가장 먼저 하는 일이 무엇이냐?

대량 살상.

마왕이 강림하면 반드시 인간들의 생명을 무수히 앗아 갔다.

-우리가 다른 차원을 정벌하는 이유는 생명력을 포집하는 거점으로 삼기 위함이다. 그리고 그렇게 모은 생명력으로 우리 세계의 형질 자체를 바꿔 버렸지. 마나가 더욱 잘 모이도록 말이다.

루인이 가늘게 몸을 떨었다.

"설마…… 광활한 마계 전체를 마나 서클(Mana Circle)처럼 만들어 버린 것이냐?"

-그것보다 조금 더 고차원적이지. 방금 듣지 못했느냐? 형질 자체를 바꿨다고.

뭔가를 깨달은 듯 루인이 벌떡 일어났다.

"설마! 마나의 형질을!"

-역시 머리 하나는 잘 돌아가는 놈이군. 맞다. 우린 마나의 형질을 바꿨다. 포집한 생명력으로 우리 세계의 마나를 가공한 것이지. 그렇게 가공된 마나를 우린 진마력(眞魔力)이라 부르기로 합의했다.

루인은 머리가 아득해졌다.

저 미친 존재들은 자신들의 세계가 품고 있는 마나 자체를 바꿔 버렸다.

생명력을 품어 버린 진마력은 더욱 많은 마나를 끌어모으는 선순환을 일으켰을 것이다.

그렇게 다른 마나가 섞여 진마력의 성질이 묽어질 때면, 또다시 생명력을 포집하기 위해 다른 세계를 침범했겠지.

비로소 루인은 마계(魔界)의 진면목, 무서우리만치 잔학한 진실을 모두 목도하고 말았다.

왜 쟈이로벨과 같은 마신이 '존재들의 맹약', 즉 인과율에 제약을 받는지도 이제야 모두 이해되었다.

저 미친놈이 마왕들처럼 직접 인간계에 현신할 수 있다면, 인간은 재앙 수준이 아니라 멸종을 맞이하게 될 것이다.

놈이 인간을 숙주로 삼고 생명력을 갈취해 온 것 역시 단순한 유희가 아니었다.

-진마력을 영위하기 위한 우리의 각오와 열의란 그야말로 순수. 그것도 모르는 너희 인간들은 우리 마계를 그저 피를 즐기는 괴물들로만 인식하고 있지.

놈이 말한 순수가 그런 순수였을 줄이야!

"토할 것 같군. 확실히 너희 마족들은 선을 넘은 종족이다. 진마력이 그런 것인 줄 미리 알았더라면 네놈과 결코 계약하지 않았을 것이다."

샤이로벨이 비웃었다.

-오드(Ord)를 품고 있는 인간 주제에 도대체 뭐라고 지껄이는 것이냐! 크하하하!

"오드가 왜?"

-오드는 이 샤이로벨의 근간, 즉 핵(核)의 일부를 떼어 내어 만든 것! 무한에 가까운 시간 동안 이 마신이 키운 핵이 얼마나 많은 생명력을 품어냈겠느냐?

"……."

-크흐흐흐흘! 마신이 선사하는 진마력이 얼마나 가공한 힘인지 몰랐단 말이냐? 오드가 아닌 다른 진마력의 통로란 있을 수 없다. 웬만한 매질로는 너희들의 시간으로 한 달도 버티지 못할 것이다.

몸에 오물이라도 묻은 듯 인상을 찌푸리고 있는 루인.

그런데 그때. 별안간 루인의 머릿속에서 전광석화와 같은 생각 하나가 스쳐 지나갔다.

우웅-

갑자기 허공에 오드를 소환하는 루인.

이렇게 함부로 꺼낸다는 것은 과거의 삶 속에서는 한 번도 해 보지 못한 일.

흑마법사에게 있어 오드란, 파괴된다면 자신의 근원 자체가 사라지게 되므로 리치의 라이프 포스 베슬 같은 것이었다.

차갑게 식어 버린 자신의 본질을 보기가 껄끄러웠는지 쟈이로벨이 금방 역정을 냈다.

-치워라!

"잠깐!"

정말로 급속도로 모이고 있다.

진마력이 아닌, 이 세계의 순수한 마나가.

불길한 예감이 들었는지 쟈이로벨이 펄쩍 뛰기 시작했다.

-무, 무슨 속셈이냐?

루인의 입가에 불길한 미소가 감돌았다.

"과연 네 말대로 이 오드가 엄청난 생명력을 품고 있나 보군."

-설마! 위대한 내 핵의 일부다! 네놈은 고작……!

씨익.

루인의 웃음이 더욱 진해졌다.

마신의 핵(核) 오드(Ord).

인간의 심장이 품을 수 있는 마력을 아득히 상회하는 초월적인 매질.

"고맙다, 쟈이로벨. 내 마나의 고리는 지금부터 여기다."

◆ ◈ ◆

루인이 오드를 매개로 고리를 맺기 시작한 지 사흘째가 되던 날.

믿기 힘들 정도로 응축된 그의 새로운 마나홀을 바라보며 쟈이로벨은 전율하고 있었다.

고작 2위계에 해당하는 경지였으나 오드에 모인 마나의 절대량과 영성(靈性)이란 자신의 예상을 아득히 벗어난 결과.

츠츠츠츠츠츠-

영롱한 빛을 내며 도도하게 회전하고 있는 무한한 힘!

-진마력에 비해서도 결코 부족하지 않은 힘이다! 어째서 이런 일이?

마신의 핵 오드(Ord).

인간의 심장과는 비교도 할 수 없는 효용 가치를 지닌 마나 매질.

뛰어난 성과가 뒤따를 것이라 예상은 했지만 이 정도일 줄은!

그제야 쟈이로벨은 깨달을 수 있었다.

과거의 루인이 이루었던 경지가 어느 정도였는지를.

-네놈…… 인간의 굴레를 벗었던 것이냐?

인간이 도달할 수 있는 경지의 정점인 초인(超人).

그런 초인의 경지조차 뛰어넘어 인간이라는 종의 한계를 돌파한 위대한 인간들이 있었다.

하지만 그것은 인류의 역사에서 손에 꼽을 정도.

그들 대부분은 머나먼 옛 신화 속에 존재하는 인물들로, 인간들에게는 신(神)과 동일시되는 이름이었다.

하지만 루인의 삐딱한 눈빛에는 자신의 새로운 마나홀이 마음에 들지 않은 듯한 기색이 역력했다.

"이 정도가 한계란 말인가."

쟈이로벨은 어이가 없었다.

이 미친놈이 지금 뭐라고 지껄이고 있는 거지?

마력에 자신의 영성을 담아냈다는 것은 그 기질이 종주에 이르렀다는 가장 완벽한 증거.

끝 모를 도야(陶冶)의 도정, 그 무한한 마법의 길을 홀로 오롯이 걸어가는 존재.

이론이 규정하고 있는 모든 정석과 체계 위에 군림하며, 자신만의 마법을 새롭게 완성해 나가는 진정한 의미의 구도자(求道者).

그런 위대한 현자들은 더 이상 마법사라 불릴 수 없었다.

현자라는 이름으로도 도전할 수 없는, 이미 마법의 역사 그 자체가 되어 버린 존재.

경배와 찬미로 대변되는 그 이름은 마도(魔道).

마법의 길(道)을 스스로 개척하는 자다.

-네놈…… 진정 마도사의 경지에 이르렀던 놈이구나.

인류가 보유한 역사의 질곡, 그 치열한 시간 속에서 대마도사의 경지에 이르렀던 인간은 단 한 사람뿐이었다.

태초의 마법사 테아마라스.

인류에게 마법을 전한 위대한 존재.

-미친놈……!

저런 무시무시한 마법의 가능성을 지니고도 스스로 만족하지 못하다니!

일말의 망설임도 없이 대악신 발카시어리어스를 소환하는

인간.

섭리를 거스르는 시간 여행자.

이제야 루인의 실체적 역량을 납득하는 쟈이로벨이었다.

"고작 이 정도로는 무리다."

뿌드득!

이를 악다물며 무시무시한 눈빛을 빛내는 루인.

과거와 동일한 경지로는 결코 '그'와 대적할 수 없었다.

자신 같은 대마도사가 열 명이 있다 해도 막을 수 없는 그야말로 반인반신의 존재.

-나도 궁금하던 참이었다. 대체 대악신 발카시어리어스와 계약한 인간이라니. 그자가 얼마나 강력한 힘을 각성하였기에 대마도사인 네놈이 이토록 경계한단 말이냐?

"인간계에 네 본체를 강림시킬 수 있다고 해도 그놈과의 승부는 장담할 수 없다."

-뭣이!

루인의 대답에 도저히 인정할 수 없다는 듯 격정을 토해 내는 쟈이로벨.

자신이 어떤 존재인가?

마왕들을 다스리는 마계의 절대자 마신이다.

그런 자신의 힘과 대등하거나 능가하는 역량을 지닌 존재라?

그것도 인간이?

-그게 말이 된다고 생각하느냐! 아무리 발카시어리어스의 계약자라고 해도 시간을 뛰어넘을 수는 없다! 필멸자의 수명으로 마신을 뛰어넘는 것은 결코 불가능하단 말이다!

피식 웃는 루인.

"그놈의 계약 기간이 필멸자의 수준이라는 걸 어떻게 확신하는 거지?"

-뭐라……?

한없이 투명한 루인의 동공이 다시 허공으로 향했다.

"난 말이지. 인류의 탄생과 동시에 그놈의 생애가 시작됐다고 해도 믿을 수 있다."

인간이 초인의 경지를 뛰어넘어 아무리 수명을 거스른다고 해도 종의 한계란 것이 있었다.

그러므로 인간의 역사만큼 긴 수명을 지닌 존재란 말도 안 되는 일.

신이 설계한 섭리를 부정할 수 있다면 그 자체로 이미 신이

기 때문이다.

"이봐. 나도 이렇게 과거로 왔잖아."

-……

쟈이로벨은 그런 루인의 말에 감히 반박할 수 없었다.

다름 아닌 자신이 직접 보고 느끼고 있었다.

여기 섭리를 부정한 또 다른 인간을.

자신의 관점에서는 발카시어리어스 계약자나 시간을 거스른 루인이나 비슷한 것.

그때, 루인이 허공에서 둥실거리고 있는 오드를 다시 바라보며 읊조렸다.

"그나저나 적어도 '적멸의 어스름'을 오드에 새기기 전까진 아무것도 하지 못하겠군."

-적멸의 어스름?

적멸(寂滅)의 어스름.

모든 물리력을 상쇄하는 효과와 동시에 8위계 이하의 마법까지 모두 방어할 수 있는 마계 최강의 대마법 절대방어룬(Rune).

곰곰이 생각해 보던 쟈이로벨은 루인의 고민이 무엇인지

금방 깨달을 수 있었다.

-그렇군. 위력이 반감되겠구나.

소환되기 전까지의 오드는 시전자의 영계(靈界)에 스며들어 있다.

지금이야 외부에 소환되어 진마력과 비슷한 위력을 발휘하지만, 기존처럼 흘러나오는 진마력을 수습하는 방식이라면 말이 달라졌다.

루인은 직접 마나 서클을 만들었다.

그 말인즉, 이제 스스로 마나의 고리를 끊임없이 순환해야 한다는 뜻.

오드를 마계와 인간계의 중간 지점이라 할 수 있는 영계에 보관해 온 기존의 방식으로는 불가능한 일이었다.

-한데 꼭 이렇게 허공에 꺼내 위험에 노출시킬 필요가 있는가? 몸에 품고 있어도 큰 무리는 없을 텐데?

"날 바보 취급하는 거냐? 내가 안 해 봤을 거라 생각해?"

-해 봤다고?

"후. 마나가 몸으로 스며들지 않아. 아무래도 혈주신(血珠身)이 원인인 것 같군."

마계의 마법과 인간의 마법이 각기 흑백(黑白)의 마법이라 불리는 이유는 지독히 서로 어울리지 않는 상성의 기질 때문.

혈주마공에 의해 진마력을 받아들이기 위한 최적의 육체가 되어 버린 루인의 몸이 이 세계의 마나를 거부하고 있는 것이다.

"나는 이제 마나홀을 외부에 소환할 수밖에 없는 마법사다."

아이러니하게도 회귀와 동시에 혈주마공을 몸에 새겼던 것이 최악의 실수가 되어 버린 것이었다.

-음…….

쟈이로벨은 루인의 착잡한 심정을 그제야 이해했다.

마법사가 외부에 마나홀을 소환한 채로 전투에 임한다는 건 단순한 약점 수준이 아니었다. 자칫하다간 단숨에 마법사의 역량 전부를 잃어버릴 수도 있는 일.

"거기에 하나 더 절망적인 게 있지."

-……나 역시 짐작하는 바는 있었다. 발현(發現)이 힘든 것이냐?

파스스스-

루인의 수인이 맺히자 잠시 허공에 드러났다 사라져 버린 검붉은 불꽃.

"이 간단한 하기라덴조차 제대로 맺히지가 않아."

하기라덴.

인간의 백마법으로 치면 파이어볼과 비슷한 위력을 발휘하는 마계의 흑마법이었다.

-아무리 하기라덴이라고 해도 진마력일 때야 비로소 제 위력을 발휘하는 법. 재료가 다른데 같은 음식이 나올 수는 없겠지. 게다가 네가 이룬 마나는 뭔가 더 특별하다.

"그래."

루인도 충분히 느끼고 있었다.

대마도사에 이른 자의식으로 능히 마나를 이룰 순 있었으나 마법을 구현할 체계가 모두 사라져 버렸다는 것을.

자신은 이제 새로운 토대 위에 마법을 구축해야 했다.

-이 세계의 마나를 다뤄 온 것은 인간. 너는 역시 인간의 마법을 체계적으로 배워야겠구나.

쓰게 웃는 루인.

지금 당장 과거의 경지를 모두 회복하고 치밀하게 '그'를 대비해도 미래를 담보할 수 없는 판국.

그런데 처음부터 마법을 다시 배워야 하다니.

"다른 방법은 없겠지?"

-나는 무한에 가까운 시간 동안 오로지 진마력만을 다뤄 온 자. 아무리 내가 마신이라고 해도 인간의 마나를 다루는 점에 대해서는 도움을 줄 수가 없다.

"……역시 그런가."

그토록 오랫동안 준비해 왔는데 처음부터 모든 것이 어그러졌다.

루인은 허탈하고 착잡한 심정을 가눌 길이 없었다.

-하지만 체계를 새로이 쌓아 올린다는 것이 꼭 나쁜 점만 있진 않겠지. 오히려 다른 차원의 경지가 새롭게 열릴 수도 있다.

"후…… 문제는 시간이라고 멍청아."

발카시어리어스를 소환하면서 이미 수명의 절반을 날려 버린 마당.

역사에 개입하여 '그'가 등장할 시간을 앞당긴다고 해도 그

때까지 그와 대적할 경지를 이룬다는 것은 너무 지난한 목표였다.

아무리 미래를 긍정적으로 그려 본들 사실상 불가능한 일.

하지만 루인은 천신만고 끝에 얻은 이 소중한 기회를 결코 놓칠 수 없었다.

'마법은 당분간 잊는다. 일단 가문부터. 당면한 과제부터 하나씩 해결한다.'

문득 호수 밖 머나먼 남쪽을 바라보는 루인.

'이제 슬슬 반응이 오기 시작하겠군.'

비밀리에 아버지가 움직였다.

이제 가문의 더러운 배덕자들도 위기를 감지했을 것이다.

그들은 제 주인에게 전력으로 달려가 가주의 변화를 낱낱이 고했겠지.

물론 너무나도 변해 버린 대공자의 이야기와 함께.

"후……."

마법의 기반은커녕 몸도 제대로 회복하지 못한 채 무리하게 월례 회의에 참석한 이유.

이제 그 결실을 맺을 때가 되었다.

뿌득!

루인의 악다문 잇새에서 처절한 목소리가 흘러나온다.

"소에느 프란시아나 베른!"

대하이베른가의 숨은 권력자.

아버지의 부재를 틈타 이 철혈의 가문을 암중으로 장악해 버린 여인.

욕망의 화신, 그 배덕의 이름을 루인은 한시도 잊어 본 적이 없었다.

-누굴 그렇게 죽이고 싶어 하는 것이냐?

히죽 웃고 있는 루인의 미소란 소름 돋을 만큼 무감각했다.

루인은 그녀에게 결코 그런 안락한 마지막을 선사할 수 없었다.

고작 죽음으로 용서받기엔 그녀가 저질렀던 죄업이란 너무나 극악했다.

"죽음이란 말이지. 누군가에겐 자비의 또 다른 이름이다."

루인의 입가에 맴돌던 미소가 더욱 진해졌다.

"내가 원하는 건 영혼의 말살. 과연 어떤 방법이 가장 효과적일까…… 과거로 돌아온 후 난 늘 그 생각만 해 왔지."

마계의 잔인한 마왕 놈들에게서나 들을법한 대사에 쟈이로벨이 기꺼운 듯 호탕하게 웃었다.

-핫하! 아무리 봐도 넌 이곳에 어울리지 않는 놈이다! 마치 인간의 탈을 쓴 마왕 같군!

하지만 겨우 그 정도로 흑암(黑暗)의 공포라 불릴 수 있었겠는가?

이죽거리며 오드를 바라보던 루인이 뱃속에서 더욱 음흉한 속내를 드러냈다.

“자, 이제 나의 새로운 마나홀에 적멸의 어스름을 새겨 보자고.”

-갑자기 그건 또 무슨 소리냐?

적멸의 어스름은 8위계의 경지에 이르러야만이 시전 가능한 초고위계 룬마법. 이제 겨우 마나의 고리를 이룬 상황에서는 결코 펼칠 수 없는 권능이었다.

“8위계의 경지를 밟기 전에 초인이라도 만난다면 나보고 죽으라고? 설마 적멸의 어스름을 새기는 주체가 나라고 생각하는 건 아니겠지?”

-뭣……?

“진마력은 이제 어느 정도 회복되었을 텐데? 너 역시 내가 죽으면 별로 재미없잖아? 네놈이 아무리 길게 살아 봤자 시간을 거스른 인간을 또다시 만날 기회가 있을까?”

-미친놈! 아직 회복이 덜 끝났다! 그리고 강림체로 진마력을 쓰는 것이 본체에 얼마나 무리를 주는지 알고 하는 소리냐? 너는 그 고통을……!

"잘 알지. 탈피(脫皮)보다 더 고통스럽다더군."

마족들의 탈피가 얼마나 고통스러운지를 아는 놈이 이런 부탁을 한다고?

히죽.

"뭐? 그래서 선택의 여지가 있나? 난 네놈의 호기심을 잘 알아."

-크아아아아아!

그렇게 한참이나 광분하는 쟈이로벨.

결국 그는 뼈를 깎는 심정으로 루인의 오드에 룬을 새길 수밖에 없었다.

Chapter. 4

Chapter. 4

이불 속에 얼굴을 파묻은 채 쉴 새 없이 흐느끼고 있는 데아슈. 그런 그녀의 침대 주위로 화려한 옷 조각들이 어지럽게 널브러져 있었다.

그 찢긴 조각들이 데아슈가 가장 아끼던 금장 드레스였다는 것을 알아챈 한 중년의 레이디가 인상을 찌푸리고 서 있었다.

"데아슈. 너는 또 왜 이러고 있는 거니?"

친근한 목소리가 들려오자 더욱 서러움이 밀려온 듯 데아슈가 벌떡 일어나 그녀를 끌어안았다.

"흑! 고모!"

"그래그래 데아슈. 고모가 왔단다."

다정다감한 목소리와는 반대로 어떤 감정도 서려 있지 않은 무표정한 얼굴로 데아슈의 등을 어루만지고 있는 여인.

소에느 프란시아나 베른.

대하이베른가의 숨은 권력자.

그녀의 감정 없는 차가운 입술에서 또다시 이질적인 목소리가 흘러나왔다.

“무슨 일이 있었던 거니? 네 오빠도 그렇고 오늘 너희들 조금 이상하구나.”

데아슈가 울음을 멈추고 소에느를 바라봤다.

“데인 오빠에게 무슨 일이 생겼어요?”

“테네브 경의 만류도 뿌리치고 검은 수리 계곡으로 들어갔다는구나.”

“검은 수리 계곡……?”

커다랗게 뜬 데아슈의 두 눈에는 어느덧 두려움이 가득 물들어 있었다.

그곳은 하이베른가의 기사들이 겪는 최후의 시험 장소.

살아나올 수만 있다면 반드시 무언가를 얻을 수 있는 전설적인 곳이었다.

문제는 노련한 기사들에게조차 너무나도 위험한 장소라는 것.

“미쳤어! 다 큰오빠 때문이야! 그 미친놈 때문이라구!”

“루인? 대공자……?”

소에느의 얼굴에 처음으로 감정 비슷한 것이 어렸다.

또 대공자라니?

최근 들어 그녀는 대공자의 소문을 여러 곳에서 들을 수 있었다.

하지만 모두 터무니없는 억측으로 생각했다.

저주받았던 그가 건강을 되찾았다는 것부터가 믿기 힘들었다. 하물며 월례 회의에서 뛰어난 안목을 뽐냈다니.

그 나이에 어울리지 않는 예법과 격조.

가문의 원로들이나 할 법한 고루한 말투.

예사롭지 않은 기세, 몸에 밴 듯 자연스러운 권위까지.

들려온 소식들은 하나같이 의문의 연속이었다.

하지만 이 하이베른가에서 자신의 발이 닿지 않은 곳이란 없었으므로 이제는 슬슬 그의 실체가 궁금해지는 시점이었다.

"이 고모에게 자세하게 말해 주렴."

"네! 그게 고모……."

그간에 있었던 일을 빠르게 설명하는 데아슈.

듣고 있던 소에느의 얼굴이 점점 일그러졌다.

"……데인을 제압했다고?"

"응! 그것도 두 합 만에요!"

"두 합?"

믿을 수 없었다.

올해. 성년이 되기 전의 데인에게 기사의 작위가 내려졌다.

그 꽉 막힌 국왕이 관례를 깼을 만큼, 왕국 전체가 공언한 검술 천재가 바로 데인.

그가 스무 살을 넘긴다면 이 하이베른가의 기사들 중에서도 그의 검을 받아 낼 수 있는 이는 많지 않을 것이다.

그런데 두 합 만에 제압이라…….

그것은 적어도 5성 이상의 고위 기사가 아니라면 불가능한 일.

"수련장이라면…… 본 사람은 없니?"

"네! 수련 기사들은 모두 훈련에 참가하고 있었어요!"

다행이었다.

정보란 독점할 때 빛을 발하니까.

"고모는 우리 데아슈가 당분간 이 일을 아무에게도 말하지 않았으면 좋겠구나."

"……아버지에게도요?"

화사하게 웃고만 있는 소에느.

곧 그녀가 데아슈를 향한 시선을 거두었다.

천천히 일어나 뒤돌아선 소에느의 얼굴이 다시 유령처럼 차갑게 변했다.

변수가 상수로 변하는 것만큼 꺼림칙한 것은 없다.

이제 직접 대공자를 확인해야 했다.

"고모! 어디 가세요?"

싱긋.

"이 고모가 금방 다시 올 테니 조금만 기다리고 있으렴, 데아슈."

대공자 루인.

그는 자신의 팔다리를 옥죄고 있는 최근의 기이한 일들과 결코 무관하지 않을 것이다.

소에느의 본능이 그렇게 말하고 있었다.

◆◈◆

루인이 소에느의 희고 가냘픈 목을 무심히 응시하고 있었다.

쥐어 비틀어 버릴까.

하지만 막상 그녀를 직접 만나 보니 별다른 감흥이 없었다.

분명 살의로 들끓어야 정상인데, 이상하리만치 감정이 생기지 않았다.

세월이란 것이 이토록 무서웠던가.

그 처절했던 증오가 고작 세월 앞에 무뎌지다니.

홱.

미련 없이 돌아선 루인이 자신의 별장을 향해 걸음을 옮겼다.

"버릇없이!"

그렇게 내뱉고 나서야 소에느는 금방 후회했다.

'다 사실이었어!'

그의 눈만 봐도 알 수 있었다.

그간의 소문이 모두 진실이었다는 것을.

대공자가 그저 무심히 자신을 바라보고만 있을 뿐인데도 근원을 알 수 없는 감정들이 쉴 새 없이 소용돌이쳤다.

그렇게 소에느는 대공자를 향해 거칠게 화를 내고 나서야 그 감정의 실체가 두려움이었다는 것을 깨달았다.

루인이 다시 뒤돌아서서 소에느를 무심히 쳐다보고 있었다.

"여긴 어떻게 왔지? 아, 별로 의미 없는 질문인가."

아버지의 부재를 틈타 이 철혈의 가문을 암중으로 장악해 버린 여인.

표면적으로야 복잡한 권력 구도가 생겨난 것처럼 보이겠지만 그것은 모두 저 소에느가 짠 판이다.

그런 그녀에게 가율을 무시하고 유폐지에 드나드는 것쯤은 아무것도 아닌 일.

루인의 씁쓸한 목소리가 다시 울려 퍼졌다.

"인간의 행동에는 반드시 당위가 있지. 그래서 정말 궁금해. 도대체 왜 그렇게 사는 거지?"

지금 이 순간까지도 루인은 그녀를 이해할 수 없었다.

베른의 성을 유지하기 위해 결혼도 마다한 냉혈의 화신.

모정에 목마른 베른가의 아이들을 유혹해 온 지독히 비틀린 모성애.

힘을 가진 사내 앞에서라면 스스럼없이 옷을 벗을 수 있는 위험한 강단.

공작가의 영애로 살아온 여인이라고는 도저히 믿을 수 없을 정도로, 그녀의 삶이란 욕망의 화신 그 자체였다.

하지만 단순한 욕망 때문에 그 모든 일을 벌였다?

대체 그 욕망이 얼마나 처절하면 그런 치욕과 인내를 모두 감당할 수 있단 말인가.

"대공자. 언행이 지나치세요."

고운 이마를 찌푸리다 입을 가리는 소에느를 바라보며 루인이 피식 웃었다.

역시 보통의 여인이 아니다.

그렇게 동요하더니 금방 가면을 쓴다.

자신의 하대(下待)로 모욕당한 기분이 들었다면 방금처럼 또 버릇 운운했을 테지.

하지만 저 소에느는 지금 자신을 탐색하고 있었다.

루인은 그녀의 탐색전에 굳이 어울려 주기 싫었다.

"보고 있는 것만으로도 역겨우니까 빨리 끝내지. 잘 들어. 돌려 말할 생각 없으니까."

"……."

루인이 아무리 가주의 권위를 대리하는 대공자라지만 그래도 소에느는 혈족의 어른.

그녀로서는 대공자가 왜 이렇게까지 자신을 적대하는지 도저히 이해할 수 없었다.

"들어나 보죠."

순간, 루인의 분위기가 일변했다.

"오늘부로 우리 형제들에게 관심을 거둬야 할 것이다. 그들의 환심을 사기 위해 노력했던 모든 것을 멈추란 뜻이다."

이 여자를 이대로 둔다면 은막의 뒤에서 검술왕 데인을 조종하는 실질적인 권력자가 될 것이다.

눈꼬리를 파르르 떠는 소에느.

루인이 더욱 차갑게 웃었다.

"또한 파반 경과의 관계를 끊어라. 둘 사이의 더러운 사생아를 은밀히 지원하는 선까진 허락한다. 더 이상 가문의 재물을 착복한다면 당신은 물론 파반 경과 그를 따르는 기사들 전부를 벨 것이다."

순간, 소에느의 두 눈이 더는 크게 뜰 수 없을 만큼 치켜떠졌다.

누구도 알아선 안 될 자신의 비밀이 새어 나갔다.

그럼에도 그녀는 재빨리 평정을 회복했다.

"날 가문의 어른으로 취급하지 않은 것이 고작 그거였니?"

가면을 벗고 진득한 욕망을 얼굴에 드러낸 소에느를 보고도 루인은 그다지 놀라지 않았다.

그녀의 실체는 이미 질리도록 겪어 왔다.

이 가문에서 가장 완전한 위선자.

지금 이 순간에도 하이베른가는 저 여인의 욕망으로 더럽혀지고 있었다.

"아니."

소름 돋을 만큼 차가운, 기괴하게 비틀린 루인의 미소.

"어떤 자식도 어머니를 죽인 당사자를 향해 예를 갖추지 않아. 그 더러운 얼굴을 당장 갈아 버리지 않는 것만으로도 내겐 충분히 만용이고 예의지."

사실은 더 먼 과거로 오고 싶었다.

어머니가 살아 계셨던 그때, 그 전으로.

하지만 그 모든 희생을 짊어지고 도착한 곳은 여기, 바로 지금 이 순간.

오랜 세월, 희석되고 망각하였다 여긴 분노는 역시 사그라지지 않았다.

삶의 활력처럼 다시금 타오르기 시작한 분노는 자신이 어째서 지금 이 순간에 서 있는지 명확하게 인식하게 해 주었다.

"그나마 그 성이라도 유지하고 싶다면 조용히 숨만 쉬고 살아야 할 것이다. 다시는 무언가를 도모하려 들어선 안 될 것이다."

그 말을 끝으로 루인은 침묵하며 기다렸다.

이제 저 욕망의 화신에게 뒤란 없다.

실체가 모두 드러난 이상 반드시 자신을 제거하려 들 것이다.

스스스스-

소에느의 수신호에 따라 십여 명의 기사들이 어둠 속에서 드러났다.

짙은 암갈색 후드를 뒤집어쓴 채 하나같이 얼굴을 감추고 있었지만, 루인은 그들의 면면을 모두 알고 있었다.

루인의 음울한 눈빛이 허공을 향한다.

'고작 저 정도 놈들에게 가문을 내주셔야만 했습니까. 아버지.'

함께 대공자를 살해해야만 결속을 유지할 수 있는, 서로를 향한 불신 위에 서 있는 배덕자들.

고작 저런 비열한 놈들의 욕망 때문에 어머니가 돌아가셨다고 생각하니 루인은 온몸의 피가 소용돌이쳤다.

무대가 마련되었으니 폭탄을 터뜨릴 때가 되었다.

"과연 아버지는 모르실까?"

천천히 다가오던 배덕자들이 일제히 걸음을 멈춘다.

히죽.

"과연 내 저주는 진실이었을까?"

순간, 소에느의 머릿속에서 폭죽처럼 뭔가가 터져 나갔다.

대공자!

설마 저 루인이 자신의 비리를 조사하기 위해 그 오랜 세월 동안 연기를 해 왔단 말인가?

그건 말도 안 되는 일!

대공자가 저주에 걸린 건 무려 십 년 전의 일이었다.

당시 대공자의 나이는 고작 일곱 살.

이렇게 치밀한 계획을 그 어린 나이부터 해 왔다고?

더욱이 그동안의 처참했던 몰골은 또 뭐란 말인가?

"여러분! 수작입니다! 당장 죽이세요!"

"당신이 어머니께 먹였던 그 옐콕 스프 말이지."

"뭣!"

한없이 투명한 루인의 얼굴.

"그날. 나도 먹었다."

이것은 진실이었다.

가슴을 쥐어짜며 쓰러지신 어머니를 앞에 두고 루인도 함께 죽어 갔었다.

그렇게 루인이 약해져 있을 때 쟈이로벨의 강림이 시작된 것이 문제였지만.

"하지만 난 이렇게 살아났다."

"마, 말도 안 돼!"

옐콕 스프에 담겨 있던 독은 무려 헬락트의 침샘.

한 방울만으로도 오우거를 쓰러뜨릴 수 있다는 그런 극한의 맹독을 인간이 견딜 수 있을 리가 없었다.

하지만 대공자의 처참한 육체를 생각하니 마냥 무시할 수만은 없는 주장.

"난 분명 그날의 일을 아버지께 말씀드렸다. 그리고 아버지는 칩거로 위장하고 가문을 조사해 오셨지. 내가 당신에게 말했던 비밀들은 모두 아버지께 들은 거니까."

배덕자들이 몸을 벌벌 떨기 시작한다.

소에느 역시 사고가 마비된 듯 털썩 주저앉았다.

“어째서…….”

“왜 지금까지 지켜보고만 계셨냐고? 썩은 감자 몇 개 뽑아 낸다고 영지에 퍼진 마름병이 다 낫지 않는다는 것을 아신 거지. 어디까지 번졌는지 파악을 한 후에야 한꺼번에 밭을 불사를 수 있거든.”

진득한 루인의 비웃음.

“배덕자들아. 돌아가서 처분을 기다리거라.”

드디어 가장 중요한 일이 끝났다.

이제 저들은 아버지의 눈빛만 봐도 오금이 저릴 것이다.

자신의 한마디 한마디가 저들의 꿈자리를 뒤숭숭하게 만들 것이다.

숨을 쉬어도 사는 것이 아닌, 그야말로 송장 같은 심정으로 매 순간이 지옥일 것이다.

지금은 아버지께 이 더러운 것들을 보여 주기 싫었다.

배덕자들의 실체는 지금의 아버지가 감당하기엔 너무나 추악했다.

과거로 돌아온 이후.

처음으로 후련한 날이었다.

기량을 회복하기 위해 여느 때처럼 정원 앞 공터로 나서던 루인이 카젠을 발견했다.

루인은 아버지가 언젠가 자신을 다시 찾을 것이라 예상은 했었다.

그러나 이렇게 빨리, 그것도 직접 찾아오시리라곤 생각하지 못했다.

루인이 옷을 추스르며 예를 갖췄다.

"기별이라도 넣고 오시지 그랬습니까. 차도 준비 못 했습니다."

그러나 아버지의 입에서는 전혀 예상 밖의 대답이 흘러나왔다.

"고맙구나."

"무슨 말씀이신지?"

유폐지의 땅을 바라보는 카젠의 눈동자가 더없이 음울해진다.

"과연 망가져 있더구나. 나는…… 나는…… 더 이상 가주의 자격이 없다."

묵묵히 아버지의 시선을 좇아 함께 흙바닥을 바라보는 루인.

드디어 아버지께서 영광으로 쌓아 올린 기수가의 성 위가 아닌, 성벽 아래의 처참한 진창을 바라보셨다.

이 가문의 일원들은 더 이상 명예와 긍지만으로 살아가지 않는다.

각자의 잇속을 위해 삶을 살아가는 그저 흔한 인간 군상들.

여타의 귀족들처럼 뱃속의 욕망을 숨기지 않는, 오래전부터 하이베른은 그렇게 평범한 귀족가로 전락해 있었다.

"모르고 계셨다고 말하진 마십시오."

루인의 눈빛도 함께 음울해졌다.

"보기 싫으셨던 겁니다. 외면하신 겁니다. 그 명예로운 소로드가, 그 충직한 이든이, 그 열혈의 웨거에게 그런 위선이란 말도 안 된다고 여기신 겁니다."

"……."

"분명 무수한 징후가 있었을 겁니다. 단지 그 모든 걸 인정하고 싶지 않으셨던 아버지만 계셨을 뿐입니다. 그러므로."

기사의 예법을 다해 무릎을 꿇는 루인.

"아버지를 약하게 만든 저의 죄를 먼저 벌하여 주십시오. 이 나약한 아들의 육신이 아버지의 마음을 흐린 가장 큰 원인이었습니다."

무릎을 꿇고 있는 루인을 이해할 수 없다는 눈으로 바라보고 있는 카젠.

곧 그가 차마 말로 형용하지 못할 복잡한 심정으로 입을 열었다.

"어떻게 넌…… 그럴 수가 있느냐?"

도저히 이해되지 않았다.

가문으로부터 짊어진 천형과도 같은 저주.

그런 처절한 병마를 무려 십 년 이상 견뎌 온 어린 영혼.

가문과 세상을 향한 증오로 온 마음이 비틀렸다고 해도 고개가 끄덕여질 판국이었다.

한데 이 와중에 오히려 자신에게 위로를 건네는 루인.

이건 재능이나 기량의 문제 따위가 아니었다.

도저히 저 나이대에 품을 수 있는 인격이 아닌, 마치 세상을 달관한 현자, 아니 그 이상의 존재 같았다.

루인이 고개를 들어 희게 웃었다.

"아버지께선 어떨 것 같습니까?"

"무얼 말이냐?"

마치 타인의 몸을 관찰하듯, 천천히 자신의 육체를 쓸어보기 시작하는 루인.

"아버지께서도 전장을 아신다면, 죽음의 위기에서 살아남아 완전히 다른 존재가 되어 버린 듯한 기사들의 각성을 무수히 경험하셨을 테지요."

카젠이 묵묵히 고개를 끄덕였다.

기사의 삶이 고결한 것은, 평범한 사람으로서는 결코 체득할 수 없는 것들을 전장에서 얻을 수 있기 때문이었다.

그러므로 전장의 처절함, 그 경험의 각별함이야 따로 설명할 필요도 없었다.

"그런 죽음의 공포를 십 년 이상 매일매일 겪는 인간의 경험은 과연 어떨 것 같습니까?"

순간 흔들리던 카젠의 동공이 멈춘다.

"그 마음은 아버지께서 생각하시는 것보다 그리 다채롭지 못합니다. 물론 처음엔 세상을 향한 증오와 원망이 가득하겠죠. 하지만 그건 살아야겠다는 처절한 갈망에 비하면 찰나지요."

자신의 팔을 아버지에게 내보이는 루인.

"서서히 생명력이 말라 가는 육신을 관찰하다 보면 잡다한 생각은 잦아들고 오직 살아야겠다는 일념만 남습니다."

흔들흔들.

"더 꿈틀거리자. 더 흔들자. 작은 움직임들에 안심하고 또 희열하죠. 움직인다는 건 살아 있다는 거니까."

"그만……."

카젠이 눈을 질끈 감았으나 루인의 음성은 잦아들지 않았다.

"아침에 눈을 뜨지 못하는 것이 너무 두려워서 눈을 감지 않고 잔 적도 많습니다. 그게 가능하냐? 의문이 드실 수도 있습니다. 가능하더군요. 삶을 향한 인간의 집착은 생각보다 일관되고 끈질깁니다."

마계의 절대자와 정식으로 계약하고 마침내 대마도사의 경지에 이른 루인의 과거가 평범할 리가 없었다.

인간이 견딜 수 있는 정신의 한계를 몇 번이고 부수며 쌓아 온 갈망의 집약체.

그게 바로 흑암의 공포, 대마도사 루인이 견뎌 온 삶.

"아버지의 마음을 상하게 할 의도는 없었습니다. 단지 제가 견지하고 있는 삶의 태도에 대해 궁금해하시니 저로선 대답해 드릴 뿐입니다."

카젠은 순간적으로 멍해졌다.

자신의 삶을 전장의 참상을 겪는 기사에 비유하여 담담히 반추한다.

거기엔 별다른 감정은 섞여 있지 않았다.

타인의 삶을 관찰하는 듯한 지독히도 객관화된 시선.

무서울 정도로 차분한, 소름이 돋을 만큼 투명한 아들의 눈빛에 카젠은 마치 압도되는 느낌이었다.

이제는 조금 알 것 같았다.

자신의 아들 루인이 왜 그토록 다른 사람 같았는지.

"이래서 그분들이 너를 궁금해하는 것인가……."

루인이 의문을 드러냈다.

"그분들? 누굴 말씀하시는 겁니까?"

"소드 힐(Sword Hill)의 존재를 아느냐?"

"그건……."

그것은 왕국에 환상처럼 전해 내려오는 전설.

은퇴한 기사들의 집단 소드 힐!

마탑의 비밀스러운 곳에 존재하는 옴니선스 세이지(Omniscience Sage)들처럼, 그들 역시 엄청난 힘을 지녔으나 철저히 세상을 등지고 살아가는 왕국의 은자들이었다.

심지어 그들은 왕국이 멸망에 이른다고 해도 방관할 존재들.

루인은 이미 경험으로 그들의 철저하리만치 무관심한 태도를 잘 알고 있었다.

당연히 루인의 표정은 금방 구겨졌다.

"구름 위에서 노니는 노인네들이 왜 날 궁금해하는 겁니까."

"불경하다 루인!"

"……."

단호히 루인을 질책하던 카젠이 곧 엄숙하게 말했다.

"어제 그분들의 시종이 다녀갔다. 곧 너를 만나겠다고 하셨으니 대공자의 예복을 입고 이곳에서 기다리거라."

"그럴 필요 없네. 가주."

마치 환상처럼 일렁이며 나타난 한 노인.

카젠이 황급히 몸을 숙이며 예를 갖춘다.

"예를 물리게. 스스로 기사의 검을 부러뜨린 자가 어찌 기수의 예를 받을 수 있겠는가."

"……그럼 잠시 물러나 있겠습니다."

"그래 주면 고맙지."

루인이 멀어져 가는 아버지에게 예를 표하다 갑작스레 나타난 노인을 물끄러미 바라보았다.

끝없이 침잠한 두 눈.

감히 살필 수 없는 기질.

하나의 날카로운 검이 되어 버린 것만 같은 존재.

천천히 주변에 투기를 드리워 모든 음파와 시야를 차단하는 그 전능력은 마치 과거의 검성을 보는 것 같았다.

루인은 즉각적으로 느낄 수 있었다.

이 힘없어 보이는 노인이 바로 초인(超人)이라는 것을.

하지만 이런 엄청난 힘을 지니고도 끝내 왕국의 멸망을 외면했던 자.

당연하게도 루인은 그 어떤 예도 표하지 않고 차가운 눈으로 서 있을 뿐이었다.

"과연 대범하구나."

별로 듣고 싶지 않은 칭찬이기에 루인은 여전히 침묵을 유지하고 있었다.

이름을 알 수 없는 노인은 스스럼없이 흙바닥에 앉아 귀를 후벼 파며 말했다.

"세상에 관여할 수 없는 소드 힐의 규율까지 깨고 내가 너를 찾아온 이유가 궁금하지 않느냐?"

"뻔해서 그다지 궁금하지 않습니다."

"뻔해?"

피식 웃는 루인.

"초인의 초감각이라면 이질적인 시간의 비틀림을 느꼈겠죠."

절대악 발카시어리어스가 강림했을 당시, 순간적으로 하이베른가 일대의 모든 시간이 멎었다.

하지만 그것은 인간의 감각으로 느끼지 못하는 수준일 뿐 초인의 감각이라면 말이 달라졌다.

"네가 초인의 역량을 느낄 수 있다고?"

루인은 내심 우스웠다.

이렇게 대놓고 초인의 기량을 맘껏 뽐내고 있으면서 저런 실없는 소리라니.

"투기로 주변의 음파와 시야를 모두 차단하는데 모를 수가 없지 않습니까."

마나의 세계를 보는 마법사의 눈을 회복한 이상 루인의 민감한 감각을 속일 순 없었다.

노인이 그런 루인의 기량을 인정하는 듯한 말을 했다.

"역시 넌 마법사였구나."

그때, 노인의 얼굴에 서서히 두려움이 일렁이기 시작했다.

"대체 어떤 위대한 존재가 강림했던 것이냐? 내 살아생전 그보다 더한 존재감을 경험한 바가 없느니."

"말하고 싶지 않습니다."

금방 두려움을 걷어 내고 호기심을 얼굴에 드러내는 노인.

"소드 힐이 스스로 규율을 깼다는 것이 어떤 의미인지 아직 어려서 잘 모르는 것이냐?"

"알고 싶지 않습니다."

"네 목숨이 달린 일인데도?"

루인의 표정이 기괴하게 구겨졌다.

"절 죽이시겠다는 뜻입니까?"

"필요하다면 당연히 그럴 것이다."

루인은 기가 찼다.

은퇴했다지만 그래도 고결한 기사였던 존재가 핏덩이나 다름없는 자신에게 죽음을 종용할 줄이야.

더구나 철저하게 왕국의 멸망을 외면했던 주제에 고작 자신 하나를 죽이기 위해 규율까지 깼다?

"본디 소드 힐은 설사 이 베른가가 멸망한다고 해도 나서지 않는다. 그것이 천 년 이상 지켜 온 힐의 규율. 하지만 너는 경우가 다르다."

순간 노인의 눈빛이 변했다.

"베른가의 대공자가 어찌 마법을 익히고 있는지, 어떤 방법으로 그런 초고위 존재를 소환할 수 있었는지는 묻지 않겠다. 하지만 네가 재앙을 초래할 게 확실하다면 나는 소드 힐의 어떤 규율도 깰 것이다."

루인은 역겨움이 치밀었다.

'그'의 절대적인 마법 아래 죽어 간 초인들 중에 저들은 없었다.

상상할 수 없는 진짜 재앙을 맞이했을 때는 철저하게 몸을 숨겼던 자들.

그런데 뭐?

이제 와서 거창한 대륙의 수호자 놀이를 하겠다고?

루인은 노인을 비웃었다.

"차라리 솔직하기라도 했다면 대화가 되었을 텐데. 쓸데없는 노인들의 호기심에 역겹게도 정의를 갖다 붙이셨군요."

하지만 노인은 모멸감에 몸을 떨지도 두 눈에 분노를 드러내지도 않았다. 오히려 더욱 흥미롭다는 듯 웃고 있었다.

"껄껄! 소드 힐의 은자(隱者)를 앞에 두고 감히 노인들의 호기심 운운하는 놈이 존재할 줄이야! 네 아비인 카젠, 왕국의 기수조차 몸을 숙이는 마당이거늘!"

은퇴 기사들의 성지 소드 힐이 이 르마델 왕국에서 얼마나 엄청난 위력을 발휘하는지 아직 이 애송이는 몰라도 너무 몰랐다.

마법적 기량이 얼마나 대단한지 몰라도 세상을 보는 눈은 마치 갓난아이 수준.

그렇게 노인이 마치 재미있다는 듯 루인을 쳐다보고 있을 때.

순간 루인이 마주 히죽 웃었다.

"나도 같잖은 연기를 거두지. 초인이라니 그에 걸맞은 대우를 해 주겠다, 늙은이."

스스스스-

악마의 형상 하나가 유령처럼 루인의 전면에 드러난다.

검붉은 피로 얼룩진, 도저히 이 세계의 그것이라고는 믿을 수 없을 정도로 섬뜩한 존재.

사방에 가공할 살기를 드리우며, 상상할 수 없을 만큼 잔혹하고 기괴한 표정으로 비웃고 있는 마신(魔神) 쟈이로벨.

노인이 본능적으로 투기를 일으켜 수십 자루나 되는 무형의 검을 소환한다.

모든 무형의 검에 겹겹이 스피리츄얼 오러를 덧씌운 노인이 곧 처참한 신음성을 흘렸다.

"……크윽! 마, 마왕?"

<틀렸다. 인간.>

이제는 루인이 노인을 향해 재미있다는 듯 이죽거리고 있었다.

"날 죽여? 어디 해 봐. 설사 내 목이 잘린다고 해도 영혼만 무사하다면 이 쟈이로벨은 언제든 날 부활시킬 수 있지."

"쟈, 쟈이로벨?"

노인은 필사적으로 기억을 더듬었다.

하지만 인간의 역사 속, 세상을 어지럽혔던 무수한 마왕들 중에서 그런 이름은 기억나지 않았다.

<이놈은 설마 아직도 날 마왕이라 생각하는 것이냐?>

죽음을 되돌릴 수 있는 권능을 고작 마왕 따위가 행사할 수는 없다.

그제야 깨달은 듯, 전의를 상실한 듯한 노인의 표정.

그렇게 정신이 붕괴되자 그가 소환했던 검들이 차츰 희미해지기 시작했다.

"……마신?"

인간계에 고작 한 명의 마왕만 침입해도 수백 년간의 암흑기가 펼쳐졌다.

그런 마왕을 수십, 수백이나 거느리고 있는 존재가 바로 마신!

노인은 그런 엄청난 존재의 이름을 들어 본 적도 없었다.

"몇 번이고 되살아나 주지. 그리고 내 모든 것을 걸고 네놈의 소드 힐을 전멸시킬 것이다. 그 일에 내 이름을 걸어 주마."

흑암의 공포가 자신의 이름을 걸었다.

그것이 얼마나 무서운 결과를 초래하는지 이 노인은 꿈에도 모르고 있었다.

◆ ◈ ◆

츠츠츠츠츠-

농밀한 투기의 장막이 쉴 새 없이 너울거리고 있었다.

투기를 확장하여 일정 영역 안의 모든 공간을 의지로 통제하는 경지.

명백한 절대자의 상징이요, 인간의 경지를 돌파한 위대한 무인의 권능이었다.

"초인……!"

카젠이 진득하게 입술을 깨물었다.

하지만 경외의 마음보다 더 앞선 것은 아들에 대한 걱정.

아무리 소드 힐의 초인이라지만 감히 하이베른가의 영역 내에서 대공자를 인질로 잡고 시야와 음파까지 모두 차단하는 것은 선을 넘은 행동이었다.

스르릉-

카젠의 검이 뽑혔다.

빛의 포말에 부서지며 눈부신 자태를 드러낸 가주의 상징 '사홀의 용맹'이었다.

척!

지근거리에서 비밀리에 카젠을 호위하던 유카인도 도착했다.

차앙!

"감히……!"

유카인의 타오르는 눈동자.

그 역시 초인의 권능을 일찌감치 느끼고 있었다.

하나 왕국을 수호하는 기수의 대지에서 무력을 투사하는 자는 그 대상이 누구라고 해도 용납할 수 없었다.

유카인이 이를 깨물며 씹어뱉듯 입을 열었다.

"네하릴을 보냈습니다 가주. 곧 본 가의 최정예 기사들이 당도할 것입니다."

무거운 마음으로 고개를 끄떡이는 카젠.

상대는 소드 힐의 초인이었다.

가용할 수 있는 모든 병력을 동원한다고 해도 희생은 뒤따를 수밖에 없었다.

“함께 목숨을 걸자 유카인. 우리의 상처가 깊어질수록 살릴 수 있는 기사들이 늘어날 것이다.”

“충! 하이베른가에 영광을!”

주군이 자신의 피를 원하고 있었으나 유카인은 활기로 불타올랐다.

주군과 등을 맞대고 전장에서 함께 전사한다는 것은 평생을 꿈꿔 온 명예의 완성.

더구나 초인의 검에 자신의 마지막을 맡길 수 있다는 것은 기사로서 더없는 긍지다.

‘유카인…….’

활화산처럼 강렬한 유카인의 투기가 카젠 역시 반가웠다.

하이베른가의 모두가 변한다고 해도 그만은 끝끝내 변치 않을 사람이라는 것을 카젠 역시 잘 알고 있었다.

“왜 내게 얘기하지 않았나 유카인.”

질문에 담긴 의도를 파악하지 못한 유카인이 힐끔 카젠을 쳐다봤다.

“무얼 말씀하시는 것입니까?”

“이 가문의 기사들이 썩어 가고 있다는 사실을 왜 말하지 않았나 묻고 있다네 유카인.”

유카인이 미간을 구겼다.

“어떤 자의 일탈을 지적하시는지는 모르겠지만 만약 있다

해도 소수입니다. 부정을 발견하셨다면 가율로 처벌하시면 될 일. 기수의 깃발 아래 긍지로 살아가는 기사들을 모두 모욕하진 말아 주십시오."

카젠은 강하게 부인하는 유카인을 바라보며 허탈하게 웃고 말았다.

잠시 잊고 있었다.

그가 자신과 가장 닮아 있는 친구라는 것을.

꿈꿔 온 이상도 숭배했던 가치도 모두 자신과 똑같았던 생의 동반자.

'가율에 따른 처벌이라…… 친구여. 나는 도저히 그럴 수가 없다네.'

썩은 부위를 도려낼 수 있는 수준이 아니었다.

이 가문에 뿌리내린 부정은 가율로 통제할 수 있는 범위를 넘어섰다.

가율을 앞세운다면 이 가문의 주축들을 모두 없애야 한다.

그렇게 한다면 하이베른가는 더 이상 존속이 불가능했다.

그렇게 카젠이 복잡한 심정으로 검을 들고 있을 때 최정예 기사들이 속속들이 유폐지에 도착했다.

차앙!

차앙!

하나같이 검을 빼 들고 맹렬히 달려오고 있었으나 그들의 눈빛에는 동요하는 기색이 역력했다.

초인이 내뿜고 있는 엄청난 투기의 파장!

그 상상할 수 없는 압박감은 그들이 단 한 번도 경험하지 못한 종류였다.

질식할 것만 같은 압박을 겨우 견디며 네하릴이 기사의 예를 갖추었다.

"충……! 현재 가용할 수 있는 기사들은 모두 왔습니다!"

무겁게 고개를 끄덕이던 유카인이 사자와 같은 포효성을 내지른다.

"적은 소드 힐의 초인이다! 하이베른의 용맹한 기사들이여! 나와 함께 피를 흘리자!"

와아아아아-!

기사들이 외침으로 화답한다.

상대의 강함은 저들에게 아무런 의미가 없었다.

투쟁심의 발로는 오직 상대가 하이베른가의 명예를 짓밟은 적이라는 것뿐.

그렇게 맹렬히 군세가 피어오르자.

"……."

말없이 기사들의 열기를 바라보고 있던 카젠이 뜨거운 감정에 북받쳐 격동한다.

하이베른가의 명령에 복잡한 계산 없이 검을 치켜드는 이들.

저들만큼은 명예를 저버리지 않았다.

저들이 가문의 소수이건 다수이건 상관없었다.

기사의 혼은 이렇게 아직도 가문에 살아 숨 쉬고 있었다.

"대형을 갖추어라! 일진은 투기의 여파를 대비한다! 이진은 검을 벼리며 대기하라!"

"충!"

"충!"

척척척!

유카인의 명령에 기사들이 질서 있게 대형을 갖추기 시작하자 카젠 역시 기수의 권위를 드러냈다.

카젠이 육중하게 발을 굴렀다.

콰아아아앙!

지진을 만난 듯한 투기의 파동이 유폐지 전체에 드리워지자.

"대하이베른."

하늘을 향해 뻗어 가는 기수의 검.

"개전(開戰)이다."

카젠의 등을 바라보던 기사들은 하나같이 전율했다.

왕국을 수호하는 기수와 함께 전장을 누비는 영광.

그들은 이 전율이 그동안 너무나 그리웠다.

"가, 가주!"

갑작스럽게 들려온 유카인의 다급한 외침.

카젠이 금방 그의 시선을 좇아 초인의 투기 장막 쪽을 바라본다.

이내 유형화된 투기의 장막이 부서지며 점차 초인의 형태가 드러나기 시작했다.

"루인!"

카젠의 표정에 안도가 스쳤다.

우려했던 것과는 달리 루인이 무사했다.

루인과 초인은 서로를 바라보며 냉랭하게 서 있을 뿐이었다.

카젠이 다시 검을 들어 기사들의 진군을 멈추자.

얼음장처럼 차가운 루인의 목소리가 흘러나왔다.

"자신 있다면 들어와 봐. 어디 그 잘난 초인의 실력을 한번 구경해 보지."

-미친놈! 그러다가 저 인간 초인놈이 정말로 덤벼들면 어쩌려고 그러느냐!

루인이 내심 웃었다.

'그때는 다시 날 되살리면 되는 것이다. 샤이로벨.'

-뭣!

샤이로벨은 어처구니가 없었다.

이미 루인을 한 번 되살리느라 진마력이 거의 바닥난 상황이었다.

그런 상황에서 영혼이 으스러질 것만 같은 고통을 딛고 적멸의 어스름마저 새긴 마당.

거기에 방금 무리하게 강림체까지 현신했으니 그나마 미약하게 남아 있던 힘까지 깔끔하게 사라진 것이다.

이런 상황에서 저 인간 초인 놈을 맞상대한다?

그럼 끝이다.

루인의 영혼을 숙주로 삼고 있는 이상, 자신의 유희도 함께 끝나는 것이었다.

'걱정 마라. 쟈이로벨.'

루인이 쟈이로벨에게 무리한 현신을 부탁한 것에는 다 그만한 이유가 있었다.

역사를 후대에 전승하는 것에 어떤 종족들보다도 집착하는 것이 인간.

인간의 역사에 새겨진 마계에 대한 공포는 생각보다 그리 간단한 것이 아니었다.

"……."

노인은 우두커니 선 채로 미묘한 얼굴을 하고 있었다.

투기를 드리워 아무리 살펴봐도 눈앞의 소년은 평범, 아니 그 이하였다.

풍겨 오는 마나도 미약했다.

신체적인 역량 역시 살피기가 민망할 정도다.

지금이라도 의지만 일으키면 저런 나약한 녀석의 목 따윈 가볍게 꺾을 수 있었다.

하지만 그는 마신의 소환자.

마신의 현신을 다름 아닌 자신이 직접 두 눈으로 목도했다.

역사 속에서 마왕은 초인 서넛의 합공으로도 대적이 불가능한 존재.

그런 마왕을 수도 없이 거느린 마신의 전능함이란 상상도 되지 않았다.

더욱이 이 소년이 그런 마신의 도움으로 수도 없이 부활할 수 있는 불사의 인간이라는 것이 사실이라면?

그때는 어떤 적대 행위도 무의미했다.

오히려 조금 전 녀석의 꺼림칙한 선언대로 소드 힐의 존속을 더 걱정해야 할지도 몰랐다.

그런 노인을 바라보고 있던 루인이 차갑게 눈을 빛냈다.

히죽.

"이제야 소드 힐의 다른 늙은이들을 걱정하기 시작한 거로군."

속내를 들키자 노인의 눈썹이 꿈틀거렸다.

죽여도 죽여도 마신의 권능으로 살아나는 불사의 인간.

그런 전능한 자란 역사와 신화를 아무리 살펴봐도 지금껏 인간계에 존재하지 않았다.

마신의 권능을 두려워하기 이전에 저 무시무시한 눈빛을 빛내고 있는 어린 녀석이 오히려 더 꺼림칙했다.

"미거하나마 이 늙은이는 이 땅의 안위를 살펴야 하는 수호자라네. 마땅히 해야 할 일을 했던 것뿐. 그래도 마뜩잖다면 한 늙은이의 추레한 객기라고 용서해 주게."

"이미 내 이름을 걸었다 늙은이."

이미 노인은 초인으로서의 자존감 따윈 깔끔하게 잊은 상태였다.

"소드 힐은 반드시 존속되어야 할 이유가 있다네. 부디 무례를 저지른 나 하나로 끝내 주게나."

루인은 비릿하게 웃고 있었다.

대마도사 루인이 이름을 건 맹세를 철회한 적은 단연코 없었다.

그렇게 무르게 살았다면 애초에 흑암의 공포라 불리지도 못했을 것이다.

"그대 한 사람의 명예가 대륙의 명운보다 중하다는 뜻인가?"

"……대륙의 명운?"

노인은 르마델 왕국 하나가 아니라 대륙 전체의 명운을 운운하고 있었다.

루인의 기억 속에 그런 위험한 일은 오직 '그'와 관련된 사건밖에 없었다.

루인이 작은 소리로 낮게 읊조렸다.

"혹시 당신들 '너울거리는 그림자'를 찾고 있나?"

너울거리는 그림자.

'그'가 나타나기 전 암중으로 각 국가의 중추를 장악한 의문의 존재들.

너울거리는 그림자란 호칭조차 불분명할 정도로, 과거에도 그들의 진실된 단체명은 끝끝내 밝혀내지 못했다.

다만 한 가지, 그들의 목 뒤에 형태를 파악할 수 없는 기이한 검은 표식만 발견될 뿐이었다.

"그대가 그걸 어떻게……?"

마신을 보았을 때보다도 더욱 놀라고 있는 노인.

그제야 뭔가를 깨달은 듯 루인이 씁쓸하게 자조했다.

"……그랬던가."

문득 동료들의 한 맺힌 목소리들이 떠오른다.

그분들이 무사히 살아 계셨다면.

그분들의 인도만 있었더라면.

그런 아쉬운 자조 속에 담겨 있던 존재들 중 하나가 바로 저 소드 힐일지도 몰랐다.

조금은 놀라웠다.

이 이른 시점에서 '그'의 동향을 파악하고 대비하고 있는 인간들이 존재한다는 것이.

하긴 과거, 이때의 자신은 몸 하나 까딱할 수 없는 상태였다.

그 후로도 이십 년이 지나서야 자이로벨의 정체를 어렴풋이 파악할 수 있었으니 지금 흘러가고 있는 역사를 자신이 알 턱이 없었다.

그렇게 켜켜이 쌓여 있던 오해가 풀리자 루인의 표정이 조금은 편해졌다.

'이 늙은이들은 너무 일찍 그의 눈에 밟힌 것이로군.'

소드 힐의 역량을 모두 알 수는 없었지만 '그'는 결코 한 단체가 막을 수 있는 수준이 아니었다.

지금처럼 어설프게 너울거리는 그림자를 추적했다가는 결국 저들은 모두 분쇄될 운명인 것이다.

"당분간 그 추적을 멈추는 것이 좋을 것이다. 힘을 기르며 후일을 대비해."

노인은 루인의 말을 선뜻 받아들일 수 없었다.

지금 이 순간에도 각 왕국의 왕족들은 그들에게 포섭되거나 의문의 죽음을 맞이하고 있었다.

각국의 수호자들과 마탑의 숨은 현자들이 나서지 않는다면 대륙 전체가 전례 없는 혼란에 휩싸일 것이었다.

"뜻을 접을 생각이 없어 보이는군. 굳이 내 이름을 걸 필요도 없었겠어."

"무슨 뜻인가?"

루인이 히죽 웃었다.

"굳이 내가 나서지 않아도 소드 힐의 늙은이들이 모두 죽는다는 얘기지."

"그게 무슨……!"

말문이 막혀 버린 노인.

터무니없는 말이었지만 허투루 들어 넘길 수는 없었다.

눈앞의 소년은 겉으로 드러난 외모나 나이를 깔끔하게 무시할 수 있는 마신의 소환자.

더구나 세계의 비밀, 너울거리는 그림자의 정체를 아는 것까지…….

무엇 하나 범상치 않은 것이 없었다.

루인에게서 강렬한 적의가 점차 사그라들자 그제야 노인의 얼굴이 좀 편해졌다.

"자주 찾아와 자네와 이야기를 나눌 수 있겠는가?"

"거절하지. 내 목숨을 위협한 상대와 함께 나눌 이야기 따윈 없다."

단호하게 거절하는 루인.

비록 오해가 풀려 대마도사의 맹세를 철회할 순 있어도 살아온 인생의 철칙까지 수정할 순 없었다.

침중하게 고개를 끄덕이며 물러나던 노인이 다시 물끄러미 루인을 바라봤다.

"한 가지만 대답해 주게. 이 하이베른은…… 아니 자네는 르마델 왕국의 적인가?"

루인은 순간적으로 모멸감을 느꼈지만 저 노인이 왜 저런 말도 안 되는 걱정을 하는지 아예 이해가 되지 않는 것은 아니었다.

마신을 소환할 수 있는 인간이 왕국 내에 존재함을 확인한 마당.

저들이 수호자 집단이라면 이제 발을 뻗고 편히 잘 수가 없는 것이다.

하지만 루인.

비록 대마도사의 길을 걸었다고 해도 자신의 몸속에 흐르는 피가 베른가의 것이라는 것을 한시도 잊어 본 적이 없었다.

“실없는 소리. 하이베른은 언제나 르마델 왕국의 기수다. 기수가의 충심을 의심하는 건가?”

조금은 안도한 듯 얼굴이 풀어지는 노인.

“아닐세. 믿겠네. 부디 그 마음 변치 않기를…….”

그렇게 소드 힐의 초인이 유령처럼 사라졌다.

그 모든 광경을 지켜보며 천천히 검을 거두는 카젠과 유카인.

눈앞에서 벌어진 일들이 모두 현실임을 자각하기까지 그들은 꽤 긴 시간이 필요했다.

무력을 행사하기 시작한 초인을 고작 말 몇 마디로 물리는 것이 어디 가능한 일인가?

더욱이 그들의 대화 속에 담긴 내용들은 하나같이 의문투성이.

카젠이 천천히 루인에게 다가갔다.

“모두 설명해 줄 수 있겠느냐?”

“약속하셨잖습니까.”

“무얼 말이냐?”

루인이 환하게 웃었다.

“기사의 비밀이란 신념의 또 다른 이름. 지켜 주신다면서요.”

말문이 막혀 한참 동안 미간을 구기고 있는 카젠에게로 집사 아길레가 황급히 다가왔다.

그의 귀엣말을 모두 들은 카젠이 더욱 황당하다는 눈으로 루인을 쳐다봤다.

"데인이 검은 수리 계곡으로 갔다는 건 또 무슨 소리냐?"

◆◈◆

천천히 하늘을 활강하고 있는 기구 속.

기구의 바구니에 기댄 채 쥐 죽은 듯이 눈을 감고 있는 루인을 바라보며 카젠은 지금까지도 어안이 벙벙했다.

-철없는 동생이 못난 모습을 보이길래 손 좀 봐준 것뿐입니다.

비록 나이는 어리지만 데인은 국왕 폐하로부터 서임을 받은 정식 기사다.

동년배에서는 그 적수를 찾을 수 없을 정도로 출중한 검의 재능을 자랑하는 데인.

그런 데인을 루인이 제압한다?

-빈틈투성이. 겉멋만 잔뜩 들어 있더군요. 검의 기초조차

부실한 놈이 가문의 정수만 좇았으니 당연한 결과입니다.

데인의 기초가 부실했다?

그 고사리 같은 손에 처음 검을 쥐여 준 것은 다름 아닌 자신이었다.

데인의 기초가 마음에 들지 않았다면 자신이 가문의 정수를 전했을 리 없었다.

그러므로 그의 기초를 지적한다는 것은 자신을 나무라는 것과 똑같은 것이었다.

혹시나 해서 몇 번이고 루인에게 투기의 잔재를 살폈으나 투기는커녕 마나가 맺힌 흔적조차 발견하지 못했다.

그러다 보니 괜스레 심정이 상했다.

'고얀 놈. 물어보면 또 비밀이라고 둘러댈 테지.'

과거로 되돌아갈 수만 있다면 기사의 신념 운운했던 자신의 약속을 무르고 싶을 지경이었다.

그만큼 지금까지 루인이 보인 면모들은 하나같이 미칠 듯한 궁금증을 자아내고 있었다.

"그만 좀 욕하세요. 귀가 따갑습니다."

"무, 무슨 소리냐!"

여전히 눈도 뜨지 않은 채로 희미하게 웃고 있는 루인을 바라보며 카젠은 소름이 다 돋았다.

마치 자신의 속이라도 들여다본 듯한 루인의 태도가 숫제 괴물 같을 지경.

"별일 없을 겁니다. 그 정도로 죽을 놈은 아니니 그리 걱정하지 않으셔도 됩니다."

카젠은 어이가 없었다.

고장 3성에 불과한 몸으로 검은 수리 계곡에 들어갔다는 것이 무엇을 의미하는지 루인은 제대로 알지 못하고 있었다.

"검은 수리 계곡을 네가 가 보기라도 했단 말이냐?"

루인이 뜻 모를 웃음을 지으며 눈을 떴다.

그가 곧 천천히 일어나 기구 밖 머나먼 산봉우리를 응시했다.

구름 아래 드러난 칙칙하고 거대한 바위 하나.

그 기묘한 모양이 마치 검은 수리의 머리처럼 생겼다.

"사람마다 맞는 수련법은 따로 있습니다. 이제 본 가도 가문의 전통에 너무 매몰되지 않았으면 합니다."

직접 경험하진 않았지만 루인도 하이베른가의 혈족인 이상 검은 수리 계곡의 악명은 익히 들어 알고 있었다.

"신성한 곳이다 루인. 선조들을 욕보이지 말거라."

루인의 태도가 마음에 들지 않았는지 잔뜩 미간을 오므리고 있는 카젠.

하지만 그는 이내 걱정스러운 얼굴이 되어 루인과 함께 검은 수리 계곡을 바라보고 있었다.

그의 머릿속에 금방 아련한 과거가 떠올랐다.

검은 수리 계곡의 구조는 지극히 단순 무식했다.

저 기묘한 모양의 검은 수리 봉우리 아래, 상상할 수도 없는 깊이의 계곡이 펼쳐져 있다.

한번 빠지면 결코 헤어 나올 수 없는 지옥과도 같은 장소.

바위틈의 습기와 듬성듬성 자라난 이끼만으로 연명하며 오로지 일정 수준의 경지를 돌파해야만이 탈출을 시도해 볼 수 있었다.

기회는 단 한 번.

도중에 체력이 다해 떨어지기라도 한다면 그대로 죽음이었다.

검은 수리 계곡에서의 수련이란 불굴의 한계를 수도 없이 돌파한다는 것.

바위의 습기를 핥으며 거친 이끼를 씹으며 견딘 정신력이란 사람의 기질, 그 자체를 변하게 만들었다.

처절한 고난과 인내로 단련된 수련자는 삶을 대하는 자세부터 영혼의 근본까지 달라졌다.

검은 수리 계곡에서 수련을 마친 기사는 그래서 모두의 존경을 받는다.

왕국의 기수가 된 카젠의 기억 속에서도 이곳은 여전히 지옥이었다.

그러나 루인은 그런 아버지의 음울한 표정을 바라보면서도 흔들리지 않았다.

'그는 검술왕입니다 아버지.'

루인은 데인을 믿고 있었다.

그 믿음은 꽤나 확고한 것이었다.

검술왕이라는 대단한 이명으로 불릴 자가 고작 검은 수리 계곡 정도에 쓰러진다는 건 말도 안 되는 일.

적어도 무력만큼은 아버지보다 더욱 드높은 무인이 될 기사다.

"이제 난기류 구간. 많이 흔들릴 것이다. 바구니를 꽉 잡거라 루인."

쿠쿠쿠쿠쿠-

과연 카젠의 말대로 기구 전체가 미친 듯이 떨리기 시작했다.

독특한 지형에 의해 생겨난 거센 난기류가 사방으로부터 불어닥쳤다.

억센 풍압에 두 눈을 뜨기도 힘들었지만 루인은 어느덧 음울한 감상에 휩싸여 있었다.

'시르하…….'

질풍의 시르하.

긴 머리를 휘날리며 바람처럼 전장을 누비던 그가 생각난다.

언제나 쾌활했지만 내면에 깊은 슬픔을 숨기고 살아가던 친구.

홀로 슬피 울며 동료들의 죽음을 견디던, 누구보다도 따뜻한 마음을 지녔던 사나이.

초인들 중 가장 정이 많았던 그의 마지막이 환상처럼 눈앞에 아른거렸다.

'그'의 마력에 의해 흔적도 없이 산화되기 직전의 그 순간.

그는 음울한 눈을 하고 있지도 고통에 비명을 지르지도 않았다.

마지막에 그는 그저 웃고 있었다.

온 세상을 품어 낼 것처럼 그저 환하게.

마지막 순간에도 시르하는 바람이었다.

"……."

흔들리는 기구의 바구니 속에서 카젠은 그런 루인을 말없이 바라보고 있었다.

아들은 웃고 있었으나 왠지 가슴 한구석이 미어지고 아려왔다.

웃고 있는 사람의 얼굴이 어찌 저렇게 슬프게 느껴진단 말인가.

낡아 버린 그림처럼. 풍화되어 버린 석상처럼.

대체 무엇을 얼마나 견뎌 왔기에 저리도 바래고 바래진 감정으로 서 있단 말인가.

감히 입을 열어 물어볼 수 없었다.

깊이를 짐작할 수 없는 그 슬픔은, 단순히 죽음의 공포를 견뎌 온 이의 감정 따위가 아니었다.

문득 카젠은 어쩌면 저 어린 아들이 자신의 품을 아득히 벗어난 존재일지도 모른다고 생각했다.

이미 오래전부터.

거센 바람이 점차 잦아들자 곧 어둑한 계곡 내부의 전경이 드러났다.

칠흑처럼 펼쳐진 어둠.

끝을 가늠할 수 없을 정도로 깊은 계곡.

잊고 있었던 과거의 공포가 또다시 카젠의 가슴속에서 똬리를 틀고 있었다.

"으음."

웬만한 일로는 냉정을 잃지 않는 루인조차도 답답한 신음을 흘리고 있었다.

막연히 상상만 해 왔을 뿐 검은 수리 계곡의 진면목을 보는 것은 처음.

루인은 자신의 선입견이 얼마나 어리석은 것이었는지 곧바로 인정할 수밖에 없었다.

이 위험천만한 곳은 확실히 3성 기사가 감당할 수준이 아니었다.

루인이 세상의 모든 것을 집어삼킬 것만 같은 짙은 어둠을 응시했다.

"아니…… 이런 미친 계곡의 바닥까지 데인은 어떻게 갈 수 있었단 말입니까?"

"자력으로는 도착할 수 없는 곳이다. 이 마법 기구를 통하지 않고서는."

카젠이 투기를 일으켜 타오르던 기구의 심지를 꺼트렸다.

"그 말은 누군가 이 일을 도왔단 뜻이지."

감히 가주의 핏줄을 위험에 빠뜨리는 중죄를 범했다.

그게 누구라고 해도 카젠은 용서할 생각이 없었다.

"데인을 자극한 점에서는 너 역시 다를 바가 없다. 동생들을 올바르게 훈육하는 것이 대공자의 책무이긴 하나 너 역시 책임에서 자유로울 수 없을 것이다."

루인은 별다른 반박을 하지 않았다.

아버지가 어떤 처벌을 내린다고 해도 기꺼이 감당할 것이다.

며칠 전으로 되돌아가 또다시 데인과 만난다 해도 자신의 결정은 늘 한결같을 것이기에.

심지의 열이 잦아들자 기구는 가파르게 아래로 하강하기 시작했다.

어둠을 향해 끝없이 빨려 들어가는 불길한 느낌.

풍압도 소음도 그다지 느껴지지 않았다.

그 이질적인 감각에 루인은 속도조차 가늠할 수 없었다.

그런 어둠 속에서 카젠의 음성이 조심스럽게 울려 퍼졌다.

"몸을 낮추거라. 조금만 더 가면 다크 와이번(Dark Wyvern)의 서식 구간이다."

루인이 크게 놀랐다.

드래곤을 몬스터의 범주에 넣을 순 없었다.

그런 드래곤을 제외한다면 이 세계에서 가장 상위의 포식자가 바로 와이번이었다.

그중에서도 다크 와이번은 흉포하기가 이를 데 없어 인간이 길들이지 못한 유일한 개체.

수많은 라이더들이 도전했지만 그들은 모두 다크 와이번의 먹이가 되고 말았다.

다크 와이번이 일반적인 와이번과 더욱 비교되는 점은, 그들이 무수한 플라잉 바이퍼(Flying Viper)들의 우두머리라는 점이었다.

벌떼와 같은 플라잉 바이퍼들을 거느린 채 나타나는 다크 와이번은 이미 그 자체로 하나의 군단.

비로소 데인이 얼마나 큰 위험에 빠졌는지 루인은 즉각적으로 깨달을 수 있었다.

"서두르시죠 아버지!"

"쉿."

키르르르르르르…….

불길한 울음소리가 아득하게 들려온다.

와이번 개체 특유의 하울링이었다.

그 뒤를 이어 엄청나게 군집된 날갯짓 소리가 마치 천둥소리처럼 크게 들려왔다.

부우우우우웅!

그 수가 얼마만큼 되는지 상상조차 할 수 없었다.

소리가 잦아들자 루인이 신음하며 입을 열었다.

"이곳에 다크 와이번이 얼마나 더 있는 겁니까?"

"정확한 수는 모른다. 하지만 많지. 너무나 많아. 아마도 이곳이 그놈들의 산란지일 게다."

대마도사로서 넓은 대륙의 풍상을 겪어 온 루인이었지만 다크 와이번을 본 기억은 한 손에 꼽을 정도였다.

그런 희귀종의 초대형 몬스터가 군집을 이루고 있는 서식처라니!

신성시되는 가문의 장소에 다크 와이번의 대규모 산란지가 있었을 줄은 꿈에도 몰랐던 루인이었다.

"투기와 마나에 상상할 수 없을 만큼 민감한 녀석들이다. 적어도 이 구간을 통과하려면 투기를 완벽히 갈무리할 수 있는 6성 이상의 고위 기사가 되어야지만이 가능하지. 그래서 처음에 진입할 때도 차폐용 아티펙트가 반드시 필요하다."

그 사실은 루인도 알고 있었다.

아버지에게 다크 와이번의 출몰지라는 말을 들은 순간 마나홀이 된 오드를 더욱 영계 깊숙한 곳으로 숨겼으니까.

"그럼 이 구간은……."

과연 이곳에서의 탈출이 현실적으로 가능한 것인가?

과거의 경지를 모두 회복하지 않는 이상 루인은 선뜻 확신할 수 없었다.

다크 와이번의 먹이가 되지 않으려면 이 구간의 절벽은 마나와 투기를 배제한 채 순수한 근력으로만 타고 올라야 했다.

아무리 강한 기사라 해도 절벽에 매달린 채 다크 와이번과 전투를 할 순 없었다.

초인에 근접한 경지라면 모를까, 아니 애초에 그 정도 경지에 이르렀다면 이런 무모한 수련이 필요하지도 않았다.

그제야 루인은 이곳에서의 탈출이 단순한 무력이 아닌 정신의 문제라는 것을 깨달았다.

'음…….'

이 지옥을 벗어나는 순간 세상이 어떻게 보일까.

삶을 임하는 자세가 달라질 것이다.

세상을 바라보는 시야가 트일 것이다.

그렇게 루인은 오랜 시간을 지나 과거로 되돌아오고 나서야 마법이 아닌 무(武)에 대한 새로운 관점이 생겨났다.

마도가 아닌 무인의 도(道).

그들 역시 충분히 그렇게 불릴 자격이 있었다.

이곳을 견뎌 낸 가문의 혈족들이 다르게 보였다.

하나 그런 고결한 자들의 정신마저 타락시킨 욕망이라는 괴물에 더욱 소스라쳤다.

그렇게 다크 와이번의 서식처를 지나 한참 동안 더 하강했을 때 루인은 어렴풋한 흙내음을 느낄 수 있었다.

흙냄새와 습기가 느껴진다는 것은 계곡의 최하단부에 도착했음을 의미했다.

퉁-

기구의 바닥으로부터 느껴지는 묵직한 충격파.

뱃속이 뒤틀렸으나 루인은 구역질을 참아 냈다.

곧 루인은 기구의 바구니를 타고 넘어 바닥에 착지했다.

고개를 들어 멀리 위를 바라보니 깨알처럼 작은 빛구멍이 시야에 담겼다.

그때 데인을 발견한 카젠이 매섭게 소리쳤다.

"데인!"

한껏 걱정하며 달려가는 카젠과는 달리 천천히 걸어가고 있던 루인은 고개를 갸웃하고 있었다.

기묘하게 생긴 바위 아래.

데인이 자고 있다.

그의 호흡은 비록 가늘었다.

몸을 둥글게 말아 빠져나가는 체열 역시 최대한 막고 있다.

최소한의 에너지를 제외한 모든 힘을 갈무리하고 있었으나, 쉼 없이 맥동하고 있는 그의 생명력만큼은 전보다 더욱 강렬해져 있었다.

그제야 안도하는 루인.

자신의 판단은 틀리지 않았다.

과연 검술왕다웠다.

"시체야. 나의 동생아."

한쪽 눈을 게슴츠레 뜬 채로 데인이 짐승처럼 루인을 노려봤다.

루인이 새하얗게 웃었다.

"어떠냐? 내가 널 다시 기사라 불러도 되겠느냐?"

Chapter. 5

Chapter. 5

루인은 계곡 곳곳에 새겨진 부정형(不定形)의 검흔들을 바라보고 있었다.

어지럽고 복잡한, 가다듬지 못한 데인의 감정들이 고스란히 느껴졌다.

이번에도 그는 과거처럼 스스로를 저주하며 할퀴고 있었다.

다만 그 증오의 대상이 검성이 아닌 자신으로 바뀌었을 뿐이었다.

한계까지 스스로 괴롭혀 돌파구를 찾으려는 행동은 검술왕이라는 무인의 특성.

물론 그것은 일정 수준의 경지에 다다르기까지는 효과적

일 수 있었다.

그러나 인간의 굴레를 벗어나 초인의 경지에 이르려면 그런 비틀린 자아로는 불가능했다.

비록 자신이 무인의 삶을 겪어 보진 못했지만 초인이었던 동료들만 봐도 알 수 있었다.

그들은 하나같이 자유롭고 따뜻했으며 또 순수했다.

흑마법이 주는 음험함에 영혼이 잠식당할 뻔했던 적이 무수히 많았지만, 그런 순수한 동료들 덕에 자신은 끝까지 인간성을 부여잡을 수 있었다.

그렇게 초인이었던 동료들에게 많은 영향을 받으며 살아왔기에, 마도에 몸을 담고 있을지라도 데인을 가르칠 자격이 있는 것이다.

"마음껏 웃어 둬. 언젠가 그 이빨을 모조리 부숴 줄 테니까."

더 이상 에너지를 낭비하기 싫다는 듯 데인은 또다시 눈을 감아 버렸다.

그의 메마른 감정이 고스란히 느껴졌다.

루인이 그가 웅크린 채 끌어안고 있는 목검을 무심히 응시했다.

"그 검이 베고자 하는 것이 고작 나 하나가 전부라면 단언컨대 기사로서의 네 삶은 무가치한 것이다."

루인이 데인의 곁에 다가가 아무렇게나 걸터앉았다.

"나를 미워하여 아린 네 마음을 달랠 수 있다면 그리하여도 좋다. 그 정도쯤은 누구도 옹졸하다 비웃지 않을 것이다. 하지만 그런 비틀린 마음을 기사의 검에 담는 것은 다른 문제다 데인.”

루인이 데인의 머리칼을 부드럽게 쓰다듬었다.

“나와의 대결을 수도 없이 머릿속에 그렸을 테지.”

갑작스런 형의 손길에 참을 수 없는 모욕을 느꼈으나 그보다는 그의 말이 더욱 거슬렸다.

형의 말대로 그때의 대결을 수백, 수천 번은 떠올려 보았었다.

손발의 궤적.

몸을 비튼 각도.

쇄도하는 힘의 수준.

두 번 다시 같은 실수를 반복하지 않기 위해 형의 모든 움직임을 하나하나 짓씹으며 되새겼다.

“이길 수 있다는 확신이 섰다면 지금 당장 검을 들어 나에게 뛰어들었겠지. 하지만 넌 지금 검을 들지 못하고 있구나.”

“…….”

데인은 순간 욱하고 치밀어 올랐으나 형의 말을 인정하지 않을 수 없었다.

지금의 자신은 형의 속도를 따라잡을 수 없다.

그 기묘한 궤적을 따돌릴 수도 없다.

쇄도하는 형의 공격에 시의적절한 방어법을 아직 찾을 수 없다.

무엇보다 문제는 형의 역량이 어느 정도인지 그 끝을 알 수 없다는 것이었다.

"나를 향해 언제 다시 검을 들 수 있을 것 같으냐."

형의 온전한 기량을 알 수 없기에 이번에도 데인은 선뜻 대답할 수 없었다.

"만약에…… 만약에 말이다. 내가 너보다 늘 한 발 더 앞서 간다면 어떡할 것이냐."

무인이 한계를 만날 수는 있다.

도저히 도달할 수 없는 곳.

하나 언제까지고 이 무저갱과 같은 곳에서 타인을 증오하며 검을 수련할 수는 없다.

그렇게 루인은 검술왕이라는 무인의 근본적인 한계를 냉철하게 짚어 주고 있었다.

"그래 데인. 너는 평생을 이렇게 살게 될 것이다. 아내의 손을 맞잡을 때도 네 아이를 안을 때도…… 친구가 배신을 하든 부하가 죽든 네 머릿속은 온통 내 움직임만 좇고 있겠지."

다른 가치들을 모두 배척하는, 인간으로서의 생명이 사라진 삶.

"왜 너는 이곳에서 이런 비루한 몰골로 누워 있느냐."

서슬 푸른 루인의 두 눈.

"정말 나와의 대결에서 패배한 것이 그 원인이겠느냐."

비로소 데인이 눈을 떴다.

내내 웅크리고 있던 그가 천천히 앉으며 루인을 노려보았다.

"그럼 뭐가 원인이지? 나는 형에게 졌으니까 이곳에 왔어! 수련하기 위해! 형을 이기기 위해! 난……!"

"아니. 아니다 데인."

형의 두 눈에 지독히도 음울한 빛이 어리기 시작하자 데인은 감히 함부로 입을 열 수 없었다.

"넌 오랜 병마를 이기고 돌아온 나를 데아슈와 함께 축복해야 했다. 이 형의 손을 맞잡고 제 일처럼 기뻐해야 했다."

툭툭-

루인이 단추를 풀어 헤치며 상의를 모두 벗었다.

회복되는 중이었으나 나무껍질처럼 거칠고 메마른 것은 여전했다.

"너는 형의 달라진 얼굴을 쓰다듬지도, 이 몸을 확인하며 눈물을 흘리지도 않았다. 대신 네가 한 것은 이 형을 향해 검을 뽑는 것이었다."

"그게 무슨……."

"그것이 네가 이 무저갱과 같은 곳에서 비루한 날을 보내고 있는 진짜 이유다 데인."

루인이 데인이 쥐고 있는 검을 아련히 응시했다.

"고작 나에게조차 뽑지 못할 검은 기사의 것이 아니다. 기사의 검은 부하에게 신뢰를 주는 검이다. 그리고 데아슈를 지키기 위한 검이다. 이 형에게 기꺼움을 주는 검이고 아버지께 영광을 돌리기 위한 검이다."

상의를 추슬러 입은 루인이 다시금 선언하듯 말했다.

"그러므로 기사란 초인을 앞에 두고도 망설임 없이 검을 뽑을 수 있는 것. 그것이 바로 네 속에 흐르는 피, 베른(Baron)이다 데인."

주저앉은 채로 데인은, 어느덧 오연히 서 있는 루인을 멍하게 올려다보고 있었다.

검의 궤적으로 가득했던 머릿속이 비워지고 말할 수 없는 감정의 파랑들이 휘몰아쳤다.

죽도록 검술을 닦으면서도 정작 무엇을 위한 수련인지를 모르고 있었다.

날카로운 공격.

철통같은 방어.

자신의 검은 그저 그런 것들뿐이었지만 모두가 자신을 천재라고 불렀다.

남들보다 좀 더 빨리 움직일 수 있었을 뿐이었다.

좀 더 강한 힘을 발휘할 수 있을 뿐이었다.

자신의 검은 고작 그것이 다였는데 국왕께서 내리신 기사의 작위를 그토록 기뻐했던 것인가.

'허…….'

가까운 곳에서 그런 형제들을 지켜보던 카젠은 단 한마디도 입을 열 수가 없었다.

루인에게 대공자의 책무를 운운했던 것이 부끄러웠다.

자신에게서 아비의 자격을 찾을 수 없었기 때문이다.

루인이 쏟아 낸 엄혹한 말들이 온 가슴에 알알이 박혔다.

고결한 기사도를 배우기엔 데인은 아직 어리다고 생각했다.

아니 어쩌면 자신조차 버티고 있는 상황에서 자식들의 훈육이 힘겨웠을지도 모른다.

검술 스승에게 데인의 지도를 일임하고 뒷전으로 물러나 있었던 것.

그것이 얼마나 어리석은 행동이었는지 이제야 모두 깨닫게 되었다.

루인이 아니었다면 데인은 무인으로서 돌이킬 수 없을 정도로 망가졌을 것이었다.

'루인. 너는 어떻게…….'

단순한 비유였으나 루인의 말들은 왕국의 기사들이 가슴에 품어야 할 기사도의 근본.

검술에 지나치게 매몰되거나 세속의 권력을 탐하는 기사들에게 경종을 울리는 일갈이 아닐 수 없었다.

문제는 검조차 들어 본 적 없는 루인이 어떻게 저렇게 완성된 기사의 자아를 지니고 있느냐는 것.

하지만 카젠은 곧 그런 의문을 접었다.

방금 전의 대화로 확실히 깨달을 수 있었다.

이미 루인은 어떤 혈족보다도 완전한 베르 그 자체라는 것을.

그러므로 그가 어떤 사연과 운명에 휩싸여 있든 상관없었다.

삶이 이어지는 이상 언제고 그는 하이베른을 수호할 것이기에.

"대공자."

카젠의 목소리는 한껏 엄숙해져 있었다.

그는 루인을 더 이상 자신의 아들이 아닌, 하이베른가의 완전한 대공자라는 것을 온 마음으로 받아들이고 있었다.

"금린사자기를 걸고 맹세하마. 내 다시는 대공자를 의심하지 않을 것이다. 또한."

곧바로 대하이베른가를 이끄는 가주의 선언이 이어졌다.

"유사시 금린사자기의 운행을 허(許)한다. 지금까지 행사하지 못했던 대공자의 모든 권위도 함께 회복될 것이다."

본래라면 무릎을 꿇고 예를 받아 마땅했으나 루인은 가늘게 미간을 좁히고 있을 뿐이었다.

유사시에 금린사자기의 운행을 맡긴다는 것은 하이베른가의 병권을 내어 준다는 뜻.

더욱이 대공자로서의 권위를 모두 회복한다는 것은 하이베른가의 차기 가주로 확정됨을 의미했다.

"아버지."

"거부하지 마라. 대공자."

눈앞에 자신이 본 가장 완벽한 베른이 서 있다.

카젠은 이 결정을 추호도 물릴 생각이 없었다.

"아니 아버지……."

무섭도록 단호한 카젠의 얼굴.

입을 열어 보려고 했지만 루인은 결국 침묵할 수밖에 없었다.

무엇을 어디까지 말해야 아버지를 설득할 수 있을지 선뜻 감이 잡히지 않는다.

결국 루인이 선택한 방법은 솔직함, 그리고 대안을 보여 주는 것이었다.

루인이 데인을 향해 눈짓했다.

"일어나라 데인."

잠시 침묵하던 데인이 아버지의 엄숙한 표정을 한 차례 살피다 일어났다.

그때 루인이 그의 어깨를 감쌌다.

데인이 치우라며 소리치려는 그 순간 루인의 엄숙한 목소리가 먼저 흘러나왔다.

"이 녀석이 바로 금린사자기의 차기 기수입니다 아버지. 부정하지 마십시오. 아버지도 이미 알고 계십니다."

"뭐……?"

루인의 날카로운 시선이 데인을 훑었다.

"가주와 대공자의 정식적인 회담이다. 함부로 입을 열지 마라 데인."

그 모습을 바라보던 카젠은 오히려 더 흡족했다.

루인은 가문의 미래에 대한 사안을 논하는 이 자리가 얼마나 무거운지도 잘 알고 있었다.

이렇게 마음에 드는 행동만 골라서 하고 있으면서 자신의 마음을 돌리려고 하다니.

"아니, 난 모르겠다. 이 가주의 눈에 대공자는 더없이 완벽한 차기 기수다. 대안은 없다."

루인이 한숨을 쉬었다.

"후…… 십 년이 넘도록 누워만 있던 몸입니다. 아버지께서도 무인이라면 제가 마샬 워 소드를 익힐 수 없다는 것을 잘 알고 계시지 않습니까."

"허튼소리!"

카젠의 비릿한 웃음.

"왕국의 검술 천재인 데인마저 때려눕히고도 그런 소리가 나오느냐?"

듣고 있던 데인의 몸이 가늘게 떨렸다.

루인이 그의 떨리는 어깨를 더욱 힘주어 감싸며 영계에서 오드를 꺼냈다.

화르르르르!

허공에 떠오른 마신의 핵.

순식간에 주변이 밝아져 계곡 내부의 전경이 훤히 드러났다.

응축된 마나의 기운이 쉴 새 없이 소용돌이치며 타오르고 있었다.

"보고 계시듯 제가 숨겨 온 비밀은 마법입니다. 아버지."

"이, 이럴 수가! 대체 어떻게 네가……!"

기하학적인 룬 문양이 새겨진, 농밀한 마나의 위력을 떨치고 있는 마법구.

도대체 저 마법구의 정체가 무엇인지 카젠은 그 근원조차 파악할 수 없었다.

"아, 아버지! 형은 분명……!"

데인이 경험했던 것은 루인의 강력한 체술.

그는 너무나도 분명한 무인이었다.

만약 마법에 패배했다면 무저갱과 같은 이곳에 오지도 않았을 것이다.

"입을 여는 것을 허락한 적 없다고 했다 데인!"

"크윽!"

뼈가 으스러질 것만 같은 통증이 데인을 전신을 휘감았다.

루인이 그의 어깻죽지를 우악스럽게 움켜쥔 것이다.

"이미 대외적으로 데인은 본 가의 최고 영재입니다. 녀석의 명성이 이어질 수 있도록 제가 최선을 다하겠습니다."

허탈한 심정으로 고개를 떨구는 카젠.

이미 마법사의 고리를 몸에 새겼다면 기사의 투기를 벼려낼 수가 없다.

하이베른가의 기사들이 마법사를 따를 수는 없었다.

"혈류 마나석이 원인이었느냐."

틀림없었다.

혈류 마나석에 담긴 이치는 마탑의 현자들조차 그 아득함에 치를 떨던 고대의 마법학.

루인의 몸에서 그런 혈류 마나석이 어떤 알 수 없는 작용을 일으킨 것이 확실했다.

"예. 아버지. 그렇게 되었습니다."

아쉬움 가득한 얼굴로 말없이 서 있는 카젠에게로 루인의 확신에 찬 음성이 재차 날아들었다.

"누구보다 뛰어난 기사로 길러 내겠습니다. 르마델 왕국의 자랑으로 만들겠습니다. 데인에겐 그런 가능성이 충분합니다, 아버지."

그러나 카젠은 그리 위로가 되지 않았다.

마치 찬란한 보물을 눈앞에서 빼앗긴 심정.

곧 그가 기구를 향해 걸음을 옮기며 착잡한 심정으로 입을 열었다.

"……믿어 보겠다. 대공자."

그제야 루인이 기분 좋게 웃으며 정중하게 예를 갖추었다.

"반드시 증명하겠습니다."

그렇게 아버지가 멀어져 가자.

데인이 멍하니 루인을 바라본다.

"형. 왜 이렇게까지……."

데인은 이해할 수 없었다.

왕국의 기수란 이 하이베른가의 혈족이라면 모두가 닿고 싶어 하는 꿈이요 이상이었다.

대공자로서 모든 지위와 권세를 누릴 수 있음에도 망설임 없이 그 모든 것을 자신에게 양보하다니.

"형이라 부르고 있으면서 그게 무슨 소리냐."

"응?"

조금은 소년 같아진 데인의 머리를 루인이 기분 좋게 헝클었다.

"잊지 마라 데인. 나는 너의 형이다."

◆◈◆

가문에 돌아온 루인이 아무것도 먹지 않고 사흘이 넘도록 방 안에만 있다는 데아슈의 소식을 들었을 때.

비로소 루인은 자신이 조금 급했다는 것을 인정할 수밖에 없었다.

하루라도 빨리 가문을 정상으로 되돌리고 싶은 마음이 자신을 성급하게 만든 것이었다.

사람의 심성이란 하루 이틀 만에 바뀔 수 있는 것이 아니었다.

사람의 감화(感化)가 그리 쉬웠다면 이 세상에 악인이란 존재할 수 없을 것이다.

루인이 지끈거리는 미간을 매만지며 뒤를 돌아보았다.

"너는 언제까지 나를 따라다닐 작정이냐."

부작용이 하나 더 있었다.

"……상관하지 마."

애써 자신의 시선을 외면하고 있었으나 두 눈에 열기를 숨기지 못하고 있는 데인.

자신에게서 무엇을 찾으려는지는 짐작되는 바였으나 여전히 그는 너무 성급했다.

그에게 있어 자신은 생애 최초의 벽.

루인이 기다랗게 한숨을 쉬었다.

"후…… 급할 필요 없다 데인. 너는 아직 어리다. 기회는 앞으로 무궁무진하단 말이다."

형의 그 말을 데인은 인정할 수 없었다.

지금까지 경험한 어른들은 작더라도 하나같이 자신에게 무언가를 바랐다.

검술대회에서 우승했을 때도 저마다의 이름을 불러 주길 바랐고, 쉴 새 없이 아버지께 좋은 소리를 전해 달라고 부탁을 했다.

하지만 형은 달랐다.

오히려 대공자로서 누릴 수 있는 권세의 전부 자신에게 내어 주고 스스로는 아무것도 바라지 않았다.

그가 바란 것이 있다면 그저 손을 잡고 함께 울고 또 웃어 주는 것이었다.

고작 짧은 몇 마디로 쉼 없이 전율하게 만들고 꿈꿔 온 세계마저 부숴 버린 주제에.

자신이 보아 온 어떤 어른보다도 완전한 어른.

비록 검은 들고 있지 않았지만, 막연히 상상해 온 가장 이상적인 기사.

그런 형은 자신과 고작 세 살밖에 차이가 나지 않았다.

"돌아가서 검을 수련해라 데인. 그리도 좋아하지 않느냐?"

"싫어."

지금은 검을 들기보다 형의 한마디 한마디를 더 듣고 싶었다.

그의 몸짓 하나하나를 모두 눈에 담아내고 싶었다.

대체 무슨 삶을 살아왔길래 저리도 완성될 수 있었는지 한없이 궁금하기만 했다.

데인은 그렇게 형의 모든 것을 알고 싶었다.

꽉 다문 입. 놀랍도록 단호한 눈빛.

어린 검술왕의 완고한 고집에 결국 루인은 단념할 수밖에 없었다.

"나는 방해받는 것을 싫어한다 데인."

루인의 표정이 조금은 풀어지자 데인이 정신없이 고개를 끄덕였다.

"방해는 안 해."

"쯧."

그렇게 기다란 회랑의 끝을 돌아 데아슈의 방에 도착했다.

대공자를 발견한 시녀 하나가 황망하게 허리를 숙였다.

"대공자를 뵈옵니다!"

고아하게 눈인사를 건네 화답한 루인이 이내 데아슈의 방 문을 열었다.

방의 내부를 확인한 그가 인상을 찌푸리며 시녀들을 쳐다봤다.

“왜 치우지 않은 것이냐?”

“어맛! 또……!”

시녀들 몇몇이 황망하게 데아슈의 방 안을 향하자 시녀장이 한 발짝 앞으로 나서며 허리를 숙였다.

“옷을 모두 찢어 버리십니다. 평소 아끼시던 드레스를 드려도…….”

“그만. 됐다.”

모락모락 김이 나는 스프를 쟁반에 들고서 발만 동동 굴리고 있는 꼴을 보아하니, 시녀들도 데아슈 때문에 비상 상황인 모양이었다.

저벅저벅.

데아슈의 곁을 지키던 막내 위폰이 여전히 신기하다는 듯한 눈으로 루인을 바라보고 있었다.

그런 위폰을 발견한 루인은 슬며시 터져 나오는 미소를 참지 못했다.

앙증맞고 터질 것만 같은 녀석의 귀여운 두 볼을 실컷 꼬집어 보고 싶었다.

하지만 나름대로 데아슈를 설득하고 있었는지 녀석의 얼

굴은 제법 힘들어 보였다.

무릎을 안은 채 퉁퉁 부은 눈으로 침대에 앉아 있던 데아슈는 루인을 보자마자 고개를 홱 하고 돌렸다.

루인이 침대에 걸터앉으며 희미하게 웃었다.

"너는 왜 애꿎은 드레스만 자꾸 찢어발기느냐."

"나가! 나가라고!"

루인의 담담한 시선이 방안을 훑었다.

"너를 화려하게 가꾸던 것이 어디 드레스뿐이겠느냐. 저 반짝이는 액세서리들은 왜 그냥 두었느냐. 고운 향을 뽐내는 향수병들도 그대로고 예쁜 구두들도 아직 광이 번쩍이는구나."

"……."

이내 데아슈의 지독한 눈빛이 방 안의 화려한 모든 것들을 향했다.

당장이라도 불사를 듯 벌떡 일어나는 데아슈.

루인이 그런 그녀의 손을 잡아끌며 다시 침대에 앉혔다.

"이것 놔!"

그러나 데아슈는 루인의 힘을 당하지 못했다.

"너는 혹 좋아하고 아끼는 하인이 있느냐?"

뜬금없는 질문이었지만 데아슈의 머릿속에는 제법 많은 이들이 스쳐 지나갔다.

할아버지 같은 정원사 서먼.

미소가 푸근한 시녀장 마리나.

자애로운 유모 키티.

넉넉한 안젤라, 충성스러운 엠버.

문득 루인이 찢겨 널브러진 드레스 조각들을 시선으로 가리켰다.

"보아라 데아슈. 네가 찢어발긴 드레스들은 지금 네 머릿속에 떠올린 그들의 몇 년, 어쩌면 몇십 년어치의 급료일지도 모른다."

루인의 시선이 공손히 두 손을 포갠 채 허리를 숙이고 있는 시녀들을 다시 향했다.

"매일매일 너를 바라보고 있는 저들의 마음은 어떻겠느냐. 몇 년짜리 급료의 향수를 몸에 뿌리고, 수십 년 급료의 드레스를 입지도 않고 여벌로 보관하는 네가 어떻게 보이겠느냐. 그것도 모자라 너는 이렇게 드레스를 찢어 아예 무가치하게 만들어 버렸구나."

시녀들의 얼굴이 창백해졌다.

그런 마음을 추호도 품어 보지 않았다는 듯 더욱 허리를 숙이고 있는 시녀들.

그러나 루인은, 재물을 바라보는 사람의 마음은 결국 얄팍해질 수밖에 없다는 것을 잘 알고 있었다.

"누군가는 약을 구하지 못해 죽어 가는 어머니를 그저 힘없이 지켜봤을 것이다. 또한 누군가는 친구들의 값비싼 교재를 부러워하는 아들을 끌어안고 함께 눈물을 흘렸을 것이다. 저들의 삶은 네가 생각하는 것보다 훨씬 궁핍하단다 데아슈."

데아슈가 멍한 얼굴로 시녀들을 바라본다.

데아슈는 그녀들의 삶을 지금까지 단 한 번도 생각해 보지 않았었다.

"네가 드레스와 구두를 줄이고 향수를 뿌리지 않는다면 저들의 삶을 바꿔 줄 수도 있다. 영혼 없는 인형처럼 허리를 숙이는 자들이 아니라 진정으로 너를 우러르는 사람들을 네 곁에 둘 수 있는 것이다."

루인이 데아슈의 아름다운 머리칼을 쓰다듬었다.

"그때야 비로소 너는 저들의 세계다. 너를 따르는 자들은 기꺼이 네게 목숨을 바칠 것이다. 귀족의 재물이란 그렇게 쓰는 것이다 데아슈."

시녀들 몇몇이 감동한 듯 격정으로 눈물을 훔치고 있었다.

자신들의 설움을 알아주는 하이베른가의 귀족은 정말이지 오랜만이었다.

"다시 묻겠다 데아슈. 무엇이 더 너를 빛나게 하느냐."

화려한 드레스와 액세서리들은 여인의 외모를 돋보이게 한다.

그러나 그것은 사교계의 남자들을 향한 구애일 뿐 진정한 사람의 빛이 아니었다.

"저들의 빛이 되어라. 진심으로 너의 뒤를 따르는 자들을 거느리거라. 그런 자들이 구름처럼 많아질수록 너는 진정한 광채로 눈부실 것이다 데아슈."

빨개진 귀로 일어난 데아슈가 흩어진 드레스 조각들을 다급히 줍기 시작했다.

그러자 위폰의 두 눈이 휘둥그레졌다.

"뭐야? 누나? 부끄러워하는 거야?"

"시, 시끄러!"

이내 루인이 스프를 들고 있는 시녀를 향해 눈짓했다.

다가온 시녀가 루인을 향해 공손하게 스프를 올렸다.

"베른은 함부로 허리를 숙이지 않는다 데아슈. 그것은 네 할 일이 아니니 이리 와서 스프나 먹거라."

바닥의 드레스 조각들을 줍던 데아슈가 입술을 꼬옥 깨물었다.

"저들이 스프를 데운 것이 몇 번이겠느냐."

감히 베른가의 직계 혈족에게 식어 버린 스프를 대령할 순 없다.

자신이 먹을 때까지 분명 수도 없이 새로운 스프를 데웠을 것이다.

"네가 저들에게 그런 대접을 받을 수 있는 주인인 것 같으냐 데아슈."

데아슈는 정원사 셔먼의 건강을 알지 못했다.

시녀장 마리나에게 아들딸이 있는지를 물어보지 못했다.

왜 유모 키티가 우울한 눈으로 멍하니 서 있는지, 왜 안젤라는 이따금씩 황망히 눈물을 훔치는지 어느 하나 알지 못했다.

"나는…… 나는……."

"그래 데아슈. 불행히도 지금의 너는 저들의 빛이 아니다. 저들의 수고를 온전히 받을 자격이 아직 네겐 없다."

그렇게 데아슈는 멍하니 스프 그릇을 받아 들었다.

한 입, 두 입.

흐르기 시작한 눈물이 어느새 그녀의 앞섶을 적셨다.

창백한 얼굴로 슬피 우는 데아슈를 바라보니 루인은 가슴이 아려 왔다.

"무엇이 그리도 공허했느냐. 너는 저따위 향수를 뿌리지 않아도, 화려한 드레스를 걸치지 않아도 충분히 어여쁘다. 더 이상은 화려한 것들로 너를 채우려 들지 말거라 데아슈."

입가에 흐르는 스프를 닦을 생각도 하지 못하고 데아슈가 더욱 처연하게 흐느꼈다.

"흑. 엄마가, 엄마가 너무 보고 싶어 흑흑……!"

"……."

그래서였느냐 데아슈.

루인은 말없이 눈을 질끈 감았다.

그 옛날의 자신처럼, 데아슈도 가슴속에 상처를 안고 살아가고 있었다.

처음엔 가주실에서 나오지 않는 아버지를 무던히도 원망했을 것이다.

부모의 정을 갈구했던 그 여린 마음은, 다시 볼 수 없는 어머니를 향한 그리움에 더욱 몸부림쳤을 것이다.

그러고 그 상처는 같은 어머니를 둔 형제들이 모두 겪고 있는 아픔이었다.

루인이 필사적으로 울음을 참고 있지만 결국엔 끅끅거리고 만 위폰을 바라봤다.

눈물을 보이진 않았으나 데인은 애써 시선을 회피하고 있었다.

루인이 천천히 다가가 흐느끼는 데아슈의 목을 끌어안으며 말했다.

"모두 이리 모이거라."

어린 위폰이 작은 손으로 눈물을 닦으며 데아슈의 곁에 앉았다.

위엄 가득한 형의 말에 쭈뼛거리던 데인도 어쩔 수 없다는 듯이 다가왔다.

"서로의 등을 쓸자."

둥글게 자리 잡은 베른가의 형제들이 서로의 등에 손을 올렸다.

"오늘만은 우는 것을 허락하마."

동생들이 더욱 흐느끼자 뜻 모를 감정이 솟구쳤지만, 데인은 필사적으로 입술을 깨물고 있었다.

루인은 그런 데인의 머리를 부드럽게 쓰다듬었다.

'정작 어머니에 대한 기억은 이 녀석이 가장 많겠지.'

루인이 눈짓하자 시녀들이 물러갔다.

동생들의 머리와 등을 쓰다듬으며, 그렇게 루인은 성급했던 자신의 행동을 후회했다.

더 이상 낡아 버린 자신의 감정을 기준으로 형제들을 대할 수 없었다.

그러기엔 동생들은 아직 너무 어렸다.

그래.

마음껏 슬피 울어라 동생들아.

비록 닳고 바래져 돌아왔지만 여기에 너희들의 대공자가 서 있다.

회한으로 살아온 마음이라도 괜찮다면 내 기꺼이 너희들의 눈물을 닦아 줄 것이니.

등을 쓰다듬으며 서로 울자.

오늘만은 어머니께서도 허락할 것이다.

루인은 슬피 흐느끼지 않았다.

그저 세상을 모두 품을 것처럼 환하게 웃고 있었다.

칼끝처럼 뾰족 선 성채와 곳곳에서 휘날리는 사자기(獅子旗).

드넓은 수련장, 간간이 들려오는 기합 소리.

아름답게 우거진 정원, 만발한 꽃들.

데인이 바라보고 있는 가문의 풍경은 모두 그대로였으나 단 하나만은 달랐다.

저기 루인, 자신의 형이 아름드리나무 아래 서 있었다.

오직 그 하나만 가문에서 달라졌을 뿐이었다.

그러나 데인은 마치 자신이 살던 세계가 송두리째 바뀐 것만 같은 느낌이 들었다.

뚝.

또다시 의지와 상관없이 떨어진 눈물.

형은 어머니에 대해 훨씬 많은 것을 알고 있었다.

흐느끼는 형제들의 등을 쓰다듬으며 한 참이나 어머니를 말하던 형.

어머니의 특이했던 몸짓.

자주 짓던 표정.

좋아했던 옷과 장신구, 그리고 꽃들.

흥얼거렸던 노랫말, 듣기 좋았던 웃음소리.

그리고 그녀가 우리들을 부르던 애칭.

형은 담담하지만 한없이 슬픈 눈으로 그 모든 것들을 기억하려 애썼다.

<기억하자꾸나. 지금의 우리가 어머니에게 해 드릴 수 있는 건 단지 이 정도뿐이지만 그럼에도 어머니는 세상에서 가장 환하게 웃어 주실 분이다.>

형제라는 것은 하이베른가라는 커다란 울타리 속에서 좀 더 친밀한 구성원 정도로만 여겼었다.

그러나 그 관계란 그저 같은 성, 같은 아버지를 둔 단순한 것이 아니었다.

어느샌가 형과 동생들 앞에서 눈물을 보이는 것이 부끄럽지 않았다.

슬픔으로 가득 차오른 그 마음은 그 자리에 있었던 모두가 함께 공유하고 있는 감정.

굳이 입을 열어 그 슬픔의 크기를 묻지 않아도 모두의 감정을 생생하게 느낄 수 있었다.

그 마음들이 자신과 다를 리가 없을 테니까.

<서로의 눈을 보아라. 무엇이 보이느냐. 같은 추억 아래 살아가는 형제란 바로 이런 사람들이다. 나 역시 이 순간을 잊지 않으마.>

그렇게 말하는 형의 눈이 지금도 너무나 선명하게 남아 있다.

깊이를 알 수 없는 슬픔, 가늠할 수 없는 그 감정의 무게에

짓눌려 버렸었다.

도대체 형은 무엇을, 얼마나 더 견뎌 왔을까.

그런데…….

그렇게 감정적으로만 살 것처럼 굴다가 또다시 형은 무감각하게 되돌아와 있었다.

언제 그랬냐는 듯, 한없이 차가운 얼굴로 무언가를 수련하고 있는 형.

팟- 팟-

데인은 형의 주변에서 터지고 사라지기를 반복하는 불꽃들을 바라보다 문득 자리를 털고 일어났다.

왠지 형에게 질 수 없다는 생각이 들어서였다.

스윽-

검을 들어 호흡을 가다듬는다.

후웅 하는 소리와 함께 기다란 호선이 그려진다.

가벼운 내려치기.

그러다가 문득 데인은 고개를 갸웃거렸다.

분명 수천수만 번을 연습했던 단순한 내려치기였는데 무언가가 이질적으로 변했다.

하지만 이상하게도 무엇이 어떻게 달라졌는지를 말로 표현할 수 없었다.

후웅-

이번에도 같은 느낌.

한 번도 이런 걸 느껴 본 적이 없었기에 데인은 당황스러웠다.

그런 그에게로 어느덧 루인이 다가왔다.

"이제야말로 진검을 들어도 되겠구나."

완연한 미소로 자신을 바라보고 있는 형.

나아간 힘도 깨달은 경지도 없었다.

이런데도 자신을 기사로 인정한다고?

그렇게 어린아이 취급을 해 놓고서는?

"또 무슨 소리야 그건?"

잔뜩 얼굴을 찌푸리고 있는 데인에게로 또다시 루인의 차분한 목소리가 울려 퍼진다.

"검에 네가 담겼다 데인."

루인이 데인의 목검을 어루만졌다.

"과거의 네 검은 그저 궤적, 동작에 불과했다. 좀 더 빠르게, 좀 더 강하게. 그뿐이었지."

인정하기 싫었지만 데인은 반박을 할 수 없었다. 형의 말이 틀리지 않았기 때문이다.

"그러나 지금의 네 검엔 네 의지가 담겼구나. 동생들을 지키고 싶은 것이냐?"

"……."

데인은 단지 그뿐이 아니라 형을 닮고 싶다는 말이 목구멍까지 치솟았다. 그러다 결국 목소리를 삼켰다.

"그래. 아직은 맞지 않은 옷을 입은 것처럼 어색하겠지. 직접 보는 것이 빠를 것이다. 목검을 다오."

데인에게 목검을 건네받은 루인이 가슴 속에서 단도를 꺼내 목검의 끝을 뾰족하게 깎아 내기 시작하자.

비록 전투용은 아니지만 엄연한 가문의 제식용 목검이었기에 데인은 소리쳤다.

"무슨 짓이야 형!"

아랑곳하지 않고 루인은 목검의 끝을 더욱 뾰족하게 깎고 있을 뿐이었다.

이윽고 아름드리나무로 다가간 루인.

그는 이내 목검의 끝으로 나무의 중심에 점을 팠다.

그야말로 바늘 자국처럼 희미하고 미세한 점.

루인이 에페(épée)처럼 얇아져 버린 목검을 데인에게 다시 건넸다.

"찌르기로 점을 일격한다. 할 수 있겠느냐?"

검을 받아 든 데인이 잔뜩 미간을 찌푸렸다.

찌르기 역시 내려치기와 마찬가지로 수도 없이 반복 연습한 동작.

문제는 표적이었다.

저렇게 미세한 표적을 목표로 하는 수련은 이번이 처음.

하지만 데인은 적어도 형 앞에서는 나약한 모습을 보이기 싫었다.

팟!

강렬하고 쾌속한 찌르기 동작.

누군가가 보았다면 그 군더더기 없는 동작에 박수를 쳤겠지만 정작 데인은 표정이 좋지 못했다. 보기 좋게 빗나간 것이다.

"다시 해 보거라."

파앗!

오기가 생긴 데인은 몇 번이고 찌르기를 이어 나갔다.

하지만 목검의 끝이 정확히 표적에 닿은 경우는 채 이 할도 되지 않았다.

그만큼 목검의 끝이 바늘처럼 날카롭게 서 있었다.

"내가 해 보겠다 데인."

꽤 자존심이 상했는지 루인의 시선을 외면한 채 목검을 내미는 데인.

다시 단도로 끝날을 벼리던 루인이 목검을 치켜들었다.

한데 그때.

문득 형을 살피던 데인이 자신도 모르게 소스라치며 뒤로 물러났다.

"혀, 형?"

형의 얼굴에 그야말로 상상도 할 수 없는 살기가 일렁이고 있다.

일그러지고 비틀린 표정.

사람이, 표정 하나만으로도 저리도 흉포한 감정과 처절한 분노를 드러낼 수 있다니.

팍!

루인의 목검이 단숨에 쏘아져 표적에 닿는다.

한 치의 오차도 없이 완벽하게.

팍!

두 번째, 세 번째 찌르기도 한결같다.

언제나 표적에 정확히 닿는 목검의 끝.

데인은 그런 형의 찌르기를 바라보며 멍해졌다.

형의 몸짓은 위태로웠다.

그것은 그가 한 번도 제대로 검을 수련하지 않았다는 것을 증명하는 것.

그런데 어떻게 매번 표적을 정확히 명중시킬 수 있단 말인가?

날 때부터 검과 함께 살아온 왕국의 천재, 자신에게도 그것은 쉬운 일이 아니었다.

루인이 이마에 맺힌 땀을 닦으며 목검을 거뒀다.

"어떠냐. 나의 검이."

루인의 눈빛은 추억에 잠겨 있었다.

검성과 겨뤄 온 기억.

비록 가는 길은 달랐으나 녀석의 움직임이, 녀석의 궤적이, 화인처럼 영혼에 새겨져 있었다.

"……."

멍하니 형의 검을 받아 든 데인은 여전히 혼란스러운 표정.

힘과 속도, 동작, 궤적.

하나씩 따진다면 어느 하나 자신의 수준에 미치지 못했다.

마치 한 번도 검을 쥐어 본 적 없는 사람의 어설픈 찌르기.

하나 그것은 겉으로 보이는 외형일 뿐, 말로는 도저히 표현할 수 없는, 보이지 않는 무언가가 분명하게 느껴졌다.

자신의 감각으로 도저히 살필 수 없는.

"너도 검사라면 느꼈을 것이다. 내 동작이 매우 미진하다는 것을. 아마도 모든 면이 너에 비해 부족했겠지."

"……."

"하지만 데인. 방금 나는 저 표적을 내 필생의 적, 그놈의 급소로 상정했다."

루인이 자신의 일격에 담은 것.

그것은 동료들 모두의 원한이요, 흑암의 공포가 벼려 온 필생의 의지였다.

표적이 '그'의 심장인 이상, 마법이든 검이든 그의 의지는 빗나갈 수가 없었다.

"무언가에 정신과 의지를 담는다는 것이 바로 이런 것이다. 수단이 검이 됐든 마법이 됐든 달라지지 않아. 기사는 육체의 수련을 우선하지만 그 육체를 움직이는 힘은 결국 정신이라는 것을 한시도 잊어선 안 된다, 데인."

루인이 물러나며 다시 입을 열었다.

"다시 해 보거라."

비로소 데인의 심상에 가상의 적이 맺혔다.

그는 온몸의 감각을 더욱 날카롭게 벼려 냈다.

두근거리는 심장을 차갑게 식혔다.

호흡을 멈추고 시야를 확장했다.

가상의 적, 놈의 급소가 순간적으로 심상에 맺혔을 때, 그의 목검이 빛살처럼 쏘아졌다.

감히 아버지의 목숨을 노려 온 자!

팟!

데아슈의 소중한 정절을 더럽히려는 자!

팟!

위폰의 갸날픈 목을 쥐고 웃고 있는 자!

팟!

그리고 형을 짓밟으려는 자……!

파악!

"헉헉……!"

단 몇 번의 찌르기였지만 데인은 단숨에 호흡이 가빠져 왔다.

루인이 보기 좋게 웃고 있었다.

"역시 검의 천재답구나."

데인은 어떤 누구의 칭찬보다 울컥했다.

그렇게 그가 쏟아질 것만 같은 감정으로 희미하게 표적을 응시한다.

"와……!"

단 한 번의 빗나감도 없이 모든 찌르기가 명중했다.

왕국에서 최연소로 3성에 올랐다는 말을 들었을 때보다 더 한 성취감이 데인을 감쌌다.

"앞으로 네 모든 검의 궤적에 이와 같은 의지를 담을 수 있다면 어떻겠느냐."

순간, 벼락을 맞은 것만 같은 충격이 데인을 휘감았다.

말할 수 없을 만큼 격렬한 깨달음이 몰아친 것이다.

지금까지의 그의 세계가 산산이 해체되며 재구성되어 가는 순간이었다.

루인이 말없이 웃으며 한참 동안 그를 기다렸다.

오랜 시간이 흐르자 데인이 천천히 눈을 떴다.

그의 표정에는 고양감으로 들뜬 기색이 역력했다.

"형……! 내가! 내가……!"

"축하한다, 데인."

마의 벽처럼, 그렇게 뚫을 수 없었던 4성의 경지를 마침내 정복해 낸 데인.

하이베른가의 경사였으며 동시에 왕국의 경사이기도 했다.

비로소 루인은 자신이 그토록 바라 왔던 바가 실현되었음을 깨달았다.

검술왕의 인생이 바뀌었다.

이제 이 가문은 과거와 모든 면에서 달라질 것이다.

그때 집사 아길레가 황망히 다가와 루인에게 예를 표했다.

"대공자님을 뵙습니다. 가주님의 명을 전하고자 찾아왔습니다.”

그가 가져온 것은 다름 아닌 가주의 전령.

루인이 옷매를 가다듬으며 대공자의 예법을 취했다.

“말하라.”

아길레의 표정에서 한껏 긴장이 느껴졌다.

“가주님께서 혈족대연회(血族大宴會)를 선언하셨습니다.”

“……혈족대연회?”

루인이 굳어졌다.

가문의 운명을 좌우할 만큼 중대한 일을 결정할 때가 아니라면 혈족대연회는 열리지 않는다.

자신이 기억하는 과거에는 그런 혈족대연회가 열린 적이 없었다.

또 한 번 역사가 바뀐 것이다.

‘이제야 결정하셨습니까 아버지.’

숙청될 이가 너무 많았다.

가율로 모두 벌한다면 가문의 존립이 위태로울 만큼.

루인은 아버지께서 과연 어떤 결정을 내리실지 걱정되면서도 한편으로는 흥미로웠다.

“내 예복이 이제 몸에 맞지 않더군.”

“그렇지 않아도 시종들을 준비해 두었습니다. 사흘 내로 대공자님의 새로운 예복을 올리겠습니다.”

“사흘?”

하이베른가의 예복은 그리 간단히 만들 수 있는 것이 아니었다.

천 년 이상 지속된 가문인 만큼 예복에는 무수한 신화와 역사가 복잡한 자수로 새겨졌다.

역대 가주들의 문양만 해도 상의를 가득 메우고도 남았다.

"미리 옷감을 만들어 두기라도 했단 말인가? 그렇게 간단하게 만들 수 있는 것이 아닐 텐데?"

하이베른가의 예복이 옷감의 재고가 있을 리 만무했다. 지금 이 순간에도 가문의 업적이 나날이 늘어 가기 때문이다. 그래서 예복은 필요할 때마다 한 벌씩 제작하는 편이었다.

"저 역시 더욱 심혈을 기울여 제작하고 싶지만 그럴 수 없는 상황입니다. 시종들의 모든 역량이 동원될 것입니다."

그제야 깨달은 듯 루인이 미간을 오므렸다.

"설마 사흘 뒤?"

"그렇습니다. 혈족대연회는 사흘 뒤에 열립니다."

"……."

혈족대연회는 성대한 규모의 연회다.

최소 보름 이상의 여유를 두고 준비를 해도 모자랄 것이다.

한데 사흘 뒤라니.

아버지께서 마음이 많이 급하신 모양이다.

왠지 수척해진 아길레를 바라보며 루인이 안쓰럽게 웃었다.

"고생이 많겠군."

아길레는 허리를 굽힌 채로 말이 없었다.

◆ ◈ ◆

혈족대연회가 열린다는 소식이 공작령 곳곳으로 퍼져 나갈 무렵.

하이베른가의 가신들은 영지민을 동원해 연회에 필요한 물자들을 가문의 성내로 들이고 있었다.

각지의 희귀한 특산물이 한자리에 모이는 것은 좀처럼 보기 힘든 구경거리. 당연히 데인은 물밀듯이 밀려오는 수레의 행렬을 구경하고 싶었지만 그 뜻을 이루지 못했다.

형이 단호한 얼굴로 자신을 나무랐기 때문이다.

-연회 준비로 모두가 바삐 움직이고 있다. 이 와중에 구경이랍시고 너와 내가 가문을 활보하고 다닌다면 그들이 제대로 일을 할 수 있겠느냐? 네 동선마다 짐을 나르던 하인들이 허리를 굽혀 예를 표할 것이고 당연히 그들은 더욱 힘겨울 것이다. 귀족이라면 큰 행사가 있을 때는 되도록 동선을 줄여야 한다.

'쳇. 누가 그런 것까지 일일이 신경을 쓴다고.'

소싯적부터 귀족의 특권에 흠뻑 빠져 살아온 데인으로서는 한 번도 하인들의 처지를 헤아려 본 적이 없었다.

무릇 하인이란 모시는 귀족을 위해 살아가는 존재들.

물론 그런 불만을 데인만 겪는 것은 아니었다.

"아니 왜 하필 내 방이냐구!"

수수한 원피스 차림의 데아슈가 불청객들을 바라보며 입술을 삐죽이고 있었다.

루인이 부드럽게 웃으며 데아슈의 머리를 쓰다듬는다.

"이왕 숨죽이고 있을 거라면 어여쁜 레이디의 방이 좋지 않겠느냐? 우리 같은 시꺼먼 사내들에게는 한없이 기분 좋은 일이다."

데아슈가 발그레해진 홍조를 두 손으로 감싸며 루인을 매섭게 쏘아봤다.

"뭐, 뭐래…… 빨리 다들 나가! 나가라구!"

"어머니의 얘기를 더 듣고 싶지 않은 것이냐?"

"엄마 얘기?"

"어머니는 언제나 데아슈를 가장 예뻐하셨지. 네게 해 줄 이야기가 아직 남아 있는데."

"빨리! 빨리 해 줘요! 다 들을래!"

"그래, 데아슈."

그제야 위폰도 쪼르르 달려왔다.

"형! 내 이야기는 더 없어?"

"……있지."

"그럼 나도 들을래!"

위폰을 바라보던 루인의 얼굴에는 측은한 감정이 서려 있었다.

어머니가 돌아가셨을 무렵 위폰은 갓난아기였다.

어렴풋이나마 어머니의 모습이 떠오르는 데아슈와 달리, 위폰에게는 어떤 기억도 남아 있지 않을 것이다.

"어머니는……."

데인은 그렇게 실랑이를 벌이다 옛 추억에 젖어 드는 형과 동생들을 바라보다가 테라스를 향해 걸어갔다.

4성의 경지에 이르자 내부에서 투기가 시도 때도 없이 꿈틀거렸다.

그래서 바람이라도 맞으며 투기의 열기를 식히고 싶었다.

테라스에 오르자 시리도록 청명한 하늘이 시야에 가득 펼쳐졌다.

불어오는 산들바람에 한결 기분이 가벼워진 데인은 곧바로 새롭게 진화한 자신의 투기를 체내에서 운용하기 시작했다.

투툭!

투기를 잔뜩 머금은 온몸의 근육들이 터질 듯이 부풀어 올랐다.

당장이라도 진검을 쥐고 투기를 불태워 보고 싶었으나 형이 했던 말이 떠올라 그럴 수 없었다.

-막 경지를 이룬 자들이 가장 흔히 하는 실수가 바로 새로

운 힘에 취해 무턱대고 힘을 남발하는 것이다. 아직 너는 새롭게 얻은 힘의 한계를 파악하지 못했다. 기쁨에 취해 투기를 과용하다가 자칫 몸이 상하기라도 한다면 오히려 네 미래가 퇴보할 수도 있다.

-그래서 얻은 힘을 관조(觀照)하는 것이 먼저다. 네 육체와 정신이 얼마나 단단해졌는지, 무인으로서 이룬 네 그릇이 어디까지인지 끈질기게 관찰하고 시험해 보거라. 검을 잡는 것은 그 이후다, 데인.

그런 형의 말을 들었을 때 데인은 정말로 가슴이 서늘했다.

분명 가문의 비전으로 내려오는 오랜 가르침이었는데 잠시 잊고 있었던 것.

한계를 모르고 투기를 남발하다가 폐인이 된 기사들의 이야기. 어렸을 때부터 검술 스승에게 수도 없이 들었던 가르침이었다.

'조금씩.'

데인은 투기를 점진적으로 확장해 나갔다.

그럴 때마다 무리를 느낀 몸의 구석구석이 비명을 질렀다.

육체가 견딜 수 있는 한계, 그런 투기의 확장성을 면밀하게 살폈다. 여느 때보다 신중하게 자신의 몸을 관조했다. 시간을 잊을 만큼의 무아지경이었다.

데인이 다시 눈을 떴을 때는 이미 해가 뉘엿뉘엿 기울어 갈

무렵의 늦은 오후.

저 멀리 거대한 몽델리아 산맥으로부터 어둑한 어스름이 밀려오는 것이 보였다.

"잘하고 있구나."

문득 들려온 루인의 목소리.

데인이 난간의 옆쪽을 응시했다.

"형? 언제……."

"한참 됐다."

"아. 미안."

루인이 피식 웃었다.

어느덧 검술 천재의 오만한 태가 조금은 잦아든 모습.

"이제 사과도 할 줄 아는 것이냐."

데인이 형의 얼굴을 멍하니 바라보고 있었다.

짙은 안개에 휩싸인 사람처럼 좀처럼 감정을 읽을 수 없는 건 여전했으나 왠지 모르게 형은 심각해 보였다.

데인은 형의 시선을 묵묵히 좇았다.

그가 바라보고 있는 곳에는 영지민들이 시종들에게 쉴 새 없이 짐을 건네고 있었다.

"영지민들의 표정을 살피면 영주의 역량을 알 수 있다는 격언이 있다."

다시 형을 응시하는 데인.

"영주의 치세가 훌륭하다면 영지민들의 얼굴에는 활기가

있다. 여유, 넉넉함, 웃음, 존경 그런 긍정적인 것들이 묻어 나오지."

루인의 시린 눈동자가 조금씩 흔들렸다.

"반대로 영주의 치세가 무능하거나 악랄하다면 영지민들의 얼굴에 피폐함만이 가득할 것이다. 절망과 비애, 한탄과 좌절, 분노와 원망…… 온갖 억눌린 감정들이 그들의 표정에 드러나지. 하지만 그 정도는 그래도 희망이 있는 편이다. 분노한다는 것은 아직 삶의 의지가 남아 있다는 거니까."

호기심이 생긴 데인이 다시 루인의 시선을 좇아 영지민들의 얼굴을 살폈다.

그러다가 그는 온몸이 굳어지고 말았다.

긍정적인 것이든 부정적인 것이든, 영지민들의 얼굴에는 형이 언급한 그 어떤 감정도 서려 있지 않았다.

"그래. 너도 느꼈겠지. 저들은 이미 텅 비어 버렸다. 더 이상 분노할 힘도 원망하는 마음도 모두 사라진 것이다."

"……."

"빼앗기고 짓밟혀도 그들은 화가 나지 않는다. 감정을 잊고 사는 것이다. 아무리 원망하고 분노해 봤자 자신들의 삶은 결국 제자리라는 것을 깨달아 버린 거지."

"……."

"너는 저리도 공허한 자들이 진정 사람으로 보이느냐?"

데인에게는 큰 충격이 아닐 수 없었다.

이 가문은 왕국의 기수 하이베른가다.

그야말로 최고의 가문이요, 왕국의 하나 뿐인 공작가.

그런 용맹한 군주의 보호를 받는 자들, 공작령의 영지민들이라면 모두가 가슴 뛰는 영광으로 살아갈 것이라 믿고 있었다.

한데 스스로의 삶을 불행이라 느끼지도 못하며 살아가고 있다니?

"인정하지 못하겠느냐. 그도 그럴 것이다. 이 위대한 검가의 문제를 멀리서 찾을 필요도 없다. 현실을 보고도 직시하지 못하는 다름 아닌 너와 같은 이들 때문이지. 아직 세상에 물들지 않은 어린 너만 해도 이런 반응이지 않느냐."

"아, 아니야! 짐을 나르는 것이 힘들어서 그런 거겠지! 너무 확대 해석 하지 마! 하이베른가의 영지민들이 그럴 리가 없어!"

루인이 씁쓸하게 웃었다.

"우리 가문의 문제는 왕국의 어떤 권력도 어쩌지 못하는 절대봉토(絶對封土)다. 왕국의 기수를 수없이 배출해 온 전통의 검술 명가. 왕족에 버금가는 대 공작가. 천 년이라는 긴 세월 동안 이어진 철옹성과 같은 그 권위가 이 가문을 고이고 썩게 만든 거다."

"형!"

루인이 망루의 곳곳에서 펄럭이고 있는 가문의 깃발들을 바라봤다.

"어떤 외부의 침입도 영지민들의 이주도 왕령으로 금지된 절대봉토. 그렇게 안주해 온 우리 가문은 오래전부터 경쟁하는 법을 잊어버렸다. 현명한 영주와 정치적으로 비교되지도, 강력한 군주와 영토를 걸고 싸우지도 않았다. 그저 귀족들의 아귀다툼을 관망하며 고고하게 날개를 펼쳐 우아함만을 자랑했지."

루인의 말이 데인의 가슴에 비수처럼 박혔다.

하지만 루인은 멈출 생각이 없어 보였다.

"우습지 않느냐? 수백 년 동안 본 가의 봉토가 줄어든 것은 패배해서 빼앗긴 것이 아니다. 그저 경작할 사람이 사라지자 미개척지처럼 변해 버린 거지. 오랜 세대를 걸치며 영지민들의 수 자체가 줄어 버린 것이다. 그래서 가문의 영역 절반 이상이 빈 땅이다."

마치 가문의 역사가 송두리째 부정되는 기분.

결국 데인은 타오르는 듯한 강렬한 분노를 두 눈에 가득 드러냈다.

"나의 가문을……! 아버지를 욕되게 하지 마!"

루인의 음울한 시선이 허공을 갈랐다.

최후의 때에 이르렀을 때.

하이베른가의 영지민들은 가장 먼저 '그'의 백성이 되길 자처했다.

대부분의 영지민들과 가문의 재산까지 모두 잃어버린 검술왕은 분노와 광기에 휩싸여 미쳐 버렸다.

그렇게 폐인처럼 지내던 그는 결국 한 줌에 불과한 병력을 이끌고 무모한 원정을 나섰다.

하지만 검술왕이 병력을 이끌고 나타난 곳은 전혀 의외의 장소였다.

검술왕이 선택한 마지막 전장은 대륙의 악마 '그'의 군단이 집결하고 있던 '테네브리가 성'이 아니었다.

그가 나타난 곳은 오히려 아군 측.

인류 최후의 기사단을 이끌고 있었던 검성의 숙영지였다.

짝!

"언제까지고 기수가의 명예라는 허상에 사로잡혀 현실을 외면할 것이냐! 또다시 용렬한 영주가 되고 싶은 것이냐 데인!"

시뻘게진 얼굴을 부여잡은 채로 황당하게 굳어 버린 데인.

"그렇게 의심이 든다면 직접 영지 순찰을 가 보거라! 너를 보고 엎드린 영지민들을 일일이 일으켜 세워 그들의 얼굴을 다시 살펴보란 말이다!"

순간적으로 과거의 분노에 사로잡힌 나머지 하지 말았어야 할 말까지 쏟아 내 버렸다.

하지만 루인은 여기서 물러날 수 없었다.

데인을 현명한 군주로 만들고 싶다면 뼛속 깊이 새겨진 하이베른가의 선민의식부터 그의 마음에서 솎아 내야 했다.

"직시해라 데인!"

영지민들을 다시 바라보는 데인.

"본 가를 향하는 저 무수한 재물 중 그 어디에 영광이 있느냐! 비어 버린 마음으로 수확한 작물이다! 사람다움을 포기한 자들의 결과물이다! 그런 허무한 재물을 쌓고 쌓아 만든 이 거대한 성채가 너는 그토록 자랑스럽단 말이더냐!"

데인의 열기 어린 눈동자가 모든 영지민들을 치밀하게 살피고 있었다.

하지만 아무리 살펴봐도 결과는 같았다.

어떤 의지도 감정도 읽을 수 없는, 그야말로 비어 버린 표정들.

형의 말을 궤변으로 치부하기에는 자신의 눈앞에 드러난 현실이 너무 적나라했다.

데인은 문득 자신이 입고 있는 갑주가 부끄러웠다.

이 값비싼 갑주 역시 저들의 허무한 마음을 거둬들인 결과물.

기수가의 명예. 공작가의 긍지.

평생 데인이 의심하지 않았던 그 모든 숭고한 가치들이 그렇게 산산이 해체되고 있었다.

"형……."

루인이 울음을 터뜨릴 것만 같은 표정으로 무너져 내리는 데인을 와락 감싸 안았다.

"울지 마라. 눈물을 허락하지 않았다."

꽈악.

이를 깨물며 데인을 더욱 강하게 안는 루인.

"당장은 마음을 누일 곳이 없을 것이다. 모든 것이 의심스러울 것이다. 그래서 기사의 신념이란 누군가가 만들어 주는 것이 아닌 스스로 완성해 가는 것이다."

루인이 데인의 양 어깨를 잡고 격랑으로 일렁이고 있는 그의 두 눈을 직시했다.

"여기서 무너지지 마라 데인. 너는 더욱 단단해질 수 있다."

"과연 내가……."

단호히 고개를 끄덕이는 루인.

"할 수 있다 데인. 네 열정은 누구보다도 드높다. 네가 못한다면 이 가문의 누구도 할 수 없을 것이다."

그 옛날 데인의 심성이 비틀리지만 않았다면 모든 것이 달라졌을 것이다.

루인은 그가 누구보다도 강한 기사, 훌륭한 영주가 될 거라고 확신하고 있었다.

"내가 그렇게 만들 것이다. 반드시."

석양 아래 호수처럼 잔잔한 눈으로 서 있는 형을 바라보며 비로소 데인은 깨달았다.

자신이 진정한 기사가 된다면 형의 등을 바라보며 성장한 결과물일 것이다.

위대한 군주로 역사에 이름을 새긴다 해도 그 또한 형이 바라던 가치를 좇은 결과일 것이다.

"……의심하지 않겠습니다."

루인이 두 눈을 커다랗게 떴다.

"따르겠습니다. 형님."

루인은 드디어 그가 준비되었다는 것을 느낄 수 있었다.

하이베른가의 새로운 대공자.

왕국의 역사에 유례를 찾아보기 힘든 훌륭한 영주가 될 이, 그는 데인이었다.

Chapter. 6

Chapter. 6

어둠이 짙게 내리깔린 회의실.

커다란 원탁의 중심에 서 있는 촛불이 위태롭게 너울거리고 있었다.

촛불이 너울거릴 때마다 간헐적으로 드러났다가 사라지기를 반복하는 얼굴들.

그렇게 모두가 어두운 얼굴로 침묵하고 있을 때 소에느의 고운 입술이 달싹였다.

"결심했어요."

"……결심이라니요?"

"이미 알고들 계시잖아요. 집행자들이 우리 모두를 살피고

갔다는 걸."

"음."

하이베른가의 집행자들.

그들이야말로 가주의 권력을 상징하는 원천적인 힘.

개개인의 이름도 무력도 알려진 바 없는, 그야말로 철저히 장막에 가려진 조직이었다.

그러나 그들이 베일을 벗고 역사의 전면에 나타났을 때 언제나 하이베른가에는 거센 폭풍이 몰아쳤다.

가주가 집행자들을 동원한 이상 이번 일은 결코 쉽게 끝나지 않을 것이다.

"설마 가주께서 우리를 가율로 옭아맬 수 있겠습니까?"

강한 의구심을 드러낸 사내는 베울하든 경.

그도 그럴 것이, 이 자리에 모인 기사들의 면면을 생각하면 그것은 결코 가능한 일이 아니었다.

왼손 기사 에이거. 붉은 눈 브리제.

비웃는 자 조디악. 폭풍 수호자 베울하든.

다른 영지였다면 충분히 패자로 군림하고도 남았을 기사들.

그리고 이런 강력한 기사들의 기량을 모두 합한 것보다도 드높은 자.

투기를 잃어버린 가주로서는 결코 상대할 수 없는, 현 가주의 동생 '니젠 아이올 비셀 베른'이 자신들과 함께하고 있었다.

"흥. 지금에 와서 집행자들을 끌어들여 봤자 이미 판세는 우리에게 기울어져 있다. 형님에게 남아 있는 건 고작 친위 기사 유카인과 그를 따르는 몇몇 기사들, 그리고 소수의 순혈 주의자들이 전부지."

그런 니젠의 말에 모두가 고개를 끄덕였다.

가율을 내세운다는 것은 가주가 전면전을 각오한다는 뜻. 하나 아무리 생각해도 가주 측에는 승산이 없었다.

비록 명분이 가주 측에 있다 해도 힘의 우위가 전제되지 않은 명분이란 나약한 객기.

하지만 그런 다수의 생각과는 다르게 여전히 소에느는 불길한 생각을 확신하고 있는 듯했다.

"모두 병력을 준비하세요. 만약을 대비해 병력을 남겨 놓는 자가 있다면 제가 용서하지 않을 거예요."

니젠이 미간을 찌푸렸다.

비교조차 무의미한 압도적인 전력 차.

그럼에도 끝까지 모든 힘을 쥐어짜 내어 전면전을 대비하자는 소에느의 태도가 그는 이해되지 않았다.

"누님답지 않군. 왜 그리 걱정이 많은 거지? 우리가 설마 집행자들 따위에게 밀릴 거라고 생각하나?"

여기에 모인 혈족들과 가신들의 전력은 하이베른가의 전체 역량에서 팔 할에 육박한다.

아무리 가주의 집행자들이라고 해도 수천 명에 이르는 기사들을 한꺼번에 상대할 수는 없었다.

게다가 그런 수적인 우위를 떠나 지금 이 원탁에 모인 실력자들의 기량만 해도 결코 만만한 전력이 아니다.

십 년이라는 시간은 길었다.

왕국의 기수라는 허울을 빼 버린다면 가주에게 남아 있는 것은 그리 많지 않았다.

모든 정보를 미뤄 봤을 때 힘을 잃어버린 것 또한 확실하다.

"난 이미 뜻을 밝혔어."

소에느가 단호하게 말하자 기사들은 더 이상 반론하지 않았다.

암막의 뒤에서 이 거대한 하이베른가를 실질적으로 조종하는 자는 바로 그녀.

비록 니젠이 대단한 기사라지만 소에느의 뜻을 앞지를 순 없었다.

그때, 소에느 다음가는 상석에 앉아 있는 기사 파반 경이 입을 열었다.

"숙영 훈련 중인 병력까지 모조리 불러들였소. 집결지는 어디로 할 것이오?"

이미 파반 경이 소에느의 뜻에 따라 움직이고 있었다는 것에 모두가 신음을 삼켰다.

그가 소에느의 숨은 정부(情夫)라는 것을 이 자리에서 모르는 자는 없었다.

당연히 그의 입김은 소에느에 버금가는 것이었다.

"성과 가장 가까운 베울하든 경의 진지를 집결지로 해요. 연회 기간 동안 준비를 끝내야 해요. 할 수 있겠죠?"

"물론이오. 훈련 직후라 다들 감각이 살아 있소. 당장 전투가 벌어져도 큰 걱정 없을 것이외다."

"좋아요."

모두의 가슴이 갑갑해졌다.

설마하니 정말로 내전(內戰)이라니.

하이베른가의 긴 역사를 통틀어도 몇 번 없었던 일.

그것도 하이베른가의 현 가주를 상대해야만 하는 현실은 승패를 떠나 엄청난 부담감으로 다가왔다.

설사 승리한다고 해도 왕국의 기수를 탄핵했다는 오명은 앞으로 내내 자신들을 괴롭힐 것이었다.

니젠이 소에느를 바라보았다.

"그 이후가 더 문제지 누님. 왕성에는 어떻게 설명할 거지? 왕께서 이 나를 새로운 왕국의 기수로 받아들일 리 없잖나?"

가문의 장자로 이어지지 않은 기수의 자리.

르마델 왕국은 한 번도 하이베른가의 권력 다툼을 인정한 적이 없었다.

왕국은 오랜 전통에 따라 장자 계승, 직계 옹립을 원칙으로 했다.

"……니젠."

소에느는 자신의 동생이 얼마나 기수의 자리에 목말라하

고 있는지를 잘 알고 있었다.

하지만 그에겐 역량이 없었다.

지략도 경영 능력도 무엇보다 그에겐 사람을 따르도록 만드는 카리스마가 턱없이 부족했다.

"니젠. 나는 데인을 옹립할 거야."

"데인……?"

니젠의 얼굴이 악마처럼 일그러진다.

누나의 입에서 상상도 해 보지 않은 대답이 흘러나왔기 때문이다.

"어, 어떻게 누님이 그럴 수가 있지? 십 년이 넘도록 이 내가 무슨 짓을 해 왔는데! 감히! 이 나를! 나를……!"

분노를 활화산처럼 드러내며 분을 삭이지 못하고 있는 니젠에게로 소에느의 차분한 목소리가 다시 날아들었다.

"기수 쟁탈전을 받아들일 자신은 있니?"

왕이 인정하지 않는다면 결국은 쟁쟁한 기사들의 도전이 끊이지 않을 것이다.

물론 그중에서는 '하이렌시아가'의 무수한 강자들 또한 포함되어 있었다.

니젠의 머릿속에 순간적으로 하이렌시아가의 이름 높은 기사들이 떠올랐다.

천 개의 환영 율펜. 궁구하는 자 실바릴.

사색하는 바람 메데인. 모두가 한결같이 강한 기사들.

하지만 무엇보다 하이렌시아가의 가주 환상검제 레페이온.

그는 자신이 상대하기에는 너무나 거대한 기사였다.

소에느가 멍하니 굳어 버린 동생을 바라보며 선언하듯 말했다.

“데인은 어려. 일이 성공한다면 어차피 너와 내가 후견인으로 나설 수밖에 없지. 충분히 쥐고 흔들 수 있으니 그쯤에서 타협하자.”

하지만 니젠은 위안이 되지 않았다.

아무리 실질적인 권력을 차지하더라도 기수의 명예란 다른 차원의 일이었다.

하이베른가의 혈족이라면 모두 바라 마지않는 꿈의 완성. 그토록 차지하고 싶었던 영광이었다.

“제길!”

소에느가 분을 삼키는 니젠을 뒤로하고 다시 좌중을 훑어보았다.

“최악의 경우, 내일 모두 구금될 수도 있어요. 일단은 동요하지 말고 순순히 가율을 따르세요. 끝까지 내 신호를 기다리세요.”

그녀가 베울하든 경을 바라보았다.

“그대는 대연회에 참석하지 않습니다. 그대의 진지에 모든 병력이 집결할 때까지 기다리세요. 준비가 끝났을 때 그때 결행하세요.”

"충!"

순간 소에느의 두 눈에 강렬한 적의가 아로새겨졌다.

"특히 조심해야 할 건 대공자. 그놈이 교활한 입을 놀리기 시작하면 그 즉시 사살해도 좋아요."

그녀와 함께 대공자를 살해하려고 했던 기사들 몇몇이 침중하게 고개를 끄덕이고 있었다.

대공자는 가주와 마찬가지로 소에느의 약점을 쥐고 있다. 그가 입을 열기 시작하면 자신들의 명분은 더욱 힘을 잃게 된다.

이미 소에느는 얼마 전의 회의에서 가주 카젠의 사살을 언급한 상태.

비밀이 새어 나간다면 가주마저 죽여야 하는 마당에 대공자라고 그 비참한 운명을 비껴갈 순 없었다.

긴 밤이 그렇게 지나가고 있었다.

수십 년 만의 혈족대연회가 어느덧 내일이었다.

거대한 홀.

천장의 유리 모자이크로부터 흘러들어 온 햇빛이 또 한 번 화려한 샹들리에에 부서진다.

그렇게 천상의 빛이 사방으로 범람했다.

루인은 수백 개로 쪼개어진 자신의 그림자가 쉼 없이 흔들리고 있는 모습을 기이하게 바라보고 있었다.

'이곳은 여전하구나.'

왕국의 귀족이라면 하이베른가에서 열리는 사교계 파티를 손꼽아 기다리는 이유가 바로 이곳 때문이었다.

하이베른가의 명성답게 압도적으로 화려하며 또 놀라운 규모를 자랑하는 홀.

왕성에서 평생을 보내 온 왕족들조차도 감탄해 마지않는 아름다운 홀, '베른헤네움'이었다.

루인의 차분한 시선이 베른헤네움 내부를 훑었다.

머나먼 동쪽에서 왔다는 값비싼 카펫들이 수도 없이 펼쳐져 있었다.

왕국의 이름 높은 장인들이 만든 아름다운 테이블들, 화려한 보울들, 미각을 돋우는 갖가지 꽃들이 한가득 시야에 들어왔다.

시종들이 쉴 새 없이 움직일 때마다 왕국의 진미가 차례대로 테이블에 오른다.

한 치의 실수도 하지 않겠다는 듯, 시종들의 표정에는 경건함마저 묻어 나오고 있었다.

루인이 천천히 걸어가 대공자의 자리에 앉았다.

자신의 곁에서 쭈뼛거리던 데인에게 그가 말했다.

"내 옆에 앉거라."

데인의 표정에 당혹감이 스쳤다.

혈족대연회는 그 엄숙한 성격만큼 모든 자리에 지위와 서

열이 안배되어 있었다.

대공자는 가주 바로 아래의 서열.

당연히 그의 옆자리는 데인의 것이 아니었다.

"내가 허락하겠다 데인. 사양치 말고 앉거라."

"예 형님."

루인은 갑자기 딱딱하게 구는 동생의 태도가 마음에 들지 않았다. 귀엽기는커녕 훌쩍 커 버린 느낌이 들었기 때문이다.

하지만 바르게 자라나고 있는 그의 마음가짐이 기꺼웠기에 그냥 둘 수밖에 없었다.

그 무렵 혈족들이 입장하기 시작했다.

가장 먼저 홀에 입장하고 있는 사람은 소에느와 니젠, 그리고 그들의 수많은 휘하 기사들이었다.

그야말로 압도적이었고 또한 노골적이었다.

소에느는 가문의 중추라 할 수 있는 기사들이 자신의 휘하라는 것을 더는 감추지 않았다.

각오한 듯, 결연함으로 가득한 표정들.

그때, 데아슈가 위폰과 함께 홀에 입장하고 있었다.

소에느가 빙긋 웃으며 눈인사를 건넸지만 데아슈는 그녀를 쳐다도 보지 않은 채 루인을 향해 달려가고 있었다.

"루인 오빠 옆에 앉아도 돼?"

"물론이다. 여기 앉거라 데아슈."

루인은 소에느에게 배정되어 있었던 의자를 쭈욱 빼냈다.

루인은 배덕자들의 위계와 서열을 결코 존중할 마음이 없었다.

소에느의 동그란 이마에 작은 주름이 잡힌 것도 잠시, 그녀는 오히려 천연덕스럽게 웃으며 루인의 맞은편에 앉았다.

"일찍 와 계셨군요. 대공자."

소에느가 앉자 그녀를 따르는 기사들이 일제히 착석하기 시작했다.

배정되어 있던 자리가 밀려 버려 부산을 떨고 있는 기사들.

루인의 눈매가 잠시 비웃음을 그려 내더니 이내 테이블 위의 요리들을 훑었다.

"데인. 늘 이런 것을 먹고 있었더냐."

데인이 형의 시선을 좇아 요리들을 바라보았다.

평소에 볼 수 없는 화려한 요리들도 있었지만 크게 다를 것은 없었다.

"예. 몇 가지 요리가 더 추가되었지만 늘 먹던 것입니다."

루인의 무심한 음성이 이어졌다.

"이름 높은 검가의 식단이란 철저한 영양을 바탕으로 한다. 훈련량을 소화할 수 있게 해 주는 풍부한 식단. 육체의 발달과 성장을 자극하는 양질의 식단. 그래서 검가의 식단은 대체로 맛이 없고 투박하다. 그런데 이 무수한 요리들이 네 눈에는 어떻게 보이느냐."

데인은 벌써부터 입안에 고이기 시작한 침을 꿀꺽 삼키며 조심스레 대답했다.

"맛있어 보입니다."

"그렇다. 온통 네 혀를 중독시키고 코를 즐겁게 하는 요리들뿐이구나. 죄다 기름지고 달고 또 짠 것들이다. 깊은 맛을 고려하지도 않았다. 인간의 욕구를 끊임없이 자극하는 전부 그런 것들뿐이다."

"……."

데인이 침묵하자 다시 루인이 입을 열었다.

"이 정도로 기사의 수련과 성장을 배려하지 않는 식단은 정말이지 오랜만이군. 도대체 무슨 의도일 것 같으냐? 왜 이름 높은 검술 명가 하이베른의 식탁이 이 지경에 이른 것 같으냐?"

"……잘 모르겠습니다."

"네 날 선 감각을 마비시키기 위함이다. 욕구에 중독시켜 기사의 절제를 앗아 가기 위함이다. 적어도 식탁에 앉아 있는 시간만큼은 달콤한 맛에 취해 생각을 하지 못하게 하기 위함이다."

심연처럼 가라앉아 있는 루인의 두 눈이 소에느를 향했다.

"도대체 누가, 무엇 때문에 이 기수의 가문을 이 지경으로 만들었단 말이더냐."

기사 브리제의 붉은 눈이 쉴 새 없이 흔들거린다.

그는 대공자에게서 목소리가 흘러나오는 순간부터 소매 안의 단검을 만지작거리고 있었다.

소에느의 비밀을 언급하는 즉시 사살. 그것이 그녀의 명령이었다.

그러나 대공자의 입에서는 전혀 궤가 다른 말들이 흘러나오고 있었다.

뜬금없이 하이베른가의 식단에 대한 문제점을 지적하고 나선 것이다.

대공자의 무감각한 음성이 또다시 잔잔히 울려 퍼졌다.

"일찍 일어나기 싫은 것, 훈련하기 싫은 것, 거추장스러운 갑주를 벗고 싶은 것, 달리지 않고 쉬고 싶은 것…… 무릇 검을 든 무인이란 태생부터 절제가 무너지면 모든 것이 불가능해지는 삶이다."

데인을 바라보는 대공자의 두 눈이 한없이 가라앉아 있었다.

"욕망이란 그래서 무서운 것이다. 욕망에 길들여진다는 건 결국 절제를 잃어 간다는 뜻. 그런 무인은 필연적으로 나태해진다. 천천히, 자신도 모르게. 그렇게 불굴을 잊는다. 신념을 잃어버린다. 맹세를 외면하고 다짐을 멀리한다."

마치 꿰뚫을 것만 같은 눈으로 자신들을 훑고 있는 대공자.

"저 눈들을 봐라, 데인. 욕망에 몸을 맡긴 자들의 눈이다. 신념을 외면한 자들의 눈이다. 맹세를 저버린 자들의 눈이며 도의를 잊은 자들의 눈이다."

브리제가 쥐고 있던 단검의 손잡이가 찌그러진다.

참을 수 없는 분노, 당장이라도 달려들고 싶은 갈망을 참아내느라 그는 찢어져라 입술을 깨물었다.

"부정하고 싶은가. 붉은 눈의 기사 브리제여."

그래! 틀렸다 대공자!

누구보다 빨리 일어났고, 누구보다 빨리 움직였다!

쉬지 않았다. 게으르지 않았다. 검을 닦는 것을 멈추지 않았다. 쉴 새 없이 육체를 벼려 냈다고 누구에게도 망설임 없이 말할 수 있다!

그렇게 강렬하게 타오르고 있는 붉은 눈동자를 바라보며 루인은 피식 웃었다.

"억울해 보이는 눈이군. 검을 휘두르는 것을 멈추지 않았다고 항변하고 싶은 건가."

"함부로……!"

루인이 망설임 없이 브리제의 말을 잘랐다.

"그럼 어째서지? 왜 그대의 검은 그 옛날로부터 한 치도 나아가지 못한 건가?"

"그게 무슨!"

"누구보다 타오르는 열정으로 검을 수련했건만 경지는 나아가지 않는다. 이유를 모르겠지. 이해가 되지 않겠지. 아무리 생각해도 문제를 찾을 수 없겠지. 아니, 아마도 그대는 이런 고민마저 잊어버렸을지도 모른다."

"……."

열기로 가득했던 브리제의 두 눈이 차갑게 식고 있었다.

대공자의 말은 치명적이지만 분명한 사실이었다.

특히 검에 대한 고민마저 잊어버렸다는 대공자의 마지막 말.

그 말은 너무도 서늘하고 섬뜩해서 브리제는 마치 온 마음이 해부되는 것만 같았다.

"언제부터 기사의 드높은 검이 육체 수련만으로 가능한 것이 되었지? 혹시 그것마저 잊어버렸나? 정신이 함께 성장하지 않는 기사의 검이란 결국 한 발자국도 나아가지 못한다는 것을?"

루인이 갖은 향으로 드레싱한 예리체니의 열매를 포크로 찍었다.

"그대의 정신이 향한 곳은 대신 이런 것들이지. 아름다운 것, 향기로운 것, 맛있는 것, 부드러운 것, 편한 것."

툭.

루인이 포크에 찍혀 있던 예리체니의 열매를 털어 낸다.

"아름다운 여인, 값비싼 보석, 장인의 명검, 힘 좋은 명마."

루인의 차가운 눈동자가 다시 천천히 기사들을 훑는다.

"재물, 노예, 기름진 땅, 병력, 지위, 권력."

씨익.

"그 마음에 온통 그런 것들로 가득 차 있었으면서 감히 검의 경지를 바랐나 기사 브리제?"

브리제가 입술을 가득 짓씹고 있을 때, 니젠의 호탕한 웃음소리가 들려왔다.

"하하! 하하하핫!"

한참이나 웃음을 터뜨리던 그가 돌연 강렬한 눈빛을 빛내며 루인을 직시했다.

"병든 닭처럼 십 년 동안 누워만 있던 놈이 멀쩡하게 돌아온 것도 믿기 어렵거늘, 이런 입심이라니. 제법이구나."

루인이 자신의 삼촌을 바라보다 이내 고개를 외면해 버렸다.

자신이 아는 역사에서 저 사내는 할 수 있는 가장 최악의 선택만을 일삼던 자.

"틀렸다 대공자. 그것들은 보상이다. 하이베른가의 봉토를 지키는 기사들이 당연히 누려야 할 권리다. 영지민들을 다스리는 공작가의 특권이요 예부터 존재해 온 귀족의 법도다."

루인이 피식 웃다가 데아슈를 바라봤다.

"데아슈. 저 필렛은 어부들이 평생 한 번이라도 낚기를 소망하는 리쉬어리로 만든 것이다. 저 스튜는 북부의 희귀 품종 구쿠스의 고기로 끓인 것. 저 붉은 빛이 도는 오믈렛은 화산새의 알."

"……응."

간략하게 들었을 뿐이지만 값비싼 요리 재료라는 것을 데아슈는 단숨에 알아차릴 수 있었다.

"먹겠느냐, 데아슈."

데아슈가 곱게 입술을 깨물며 단호하게 고개를 가로저었다.

"아니, 오빠. 먹지 않을 거야. 돌아가서 호밀빵을 먹겠어."

더없이 포근한 미소로 데아슈를 바라보는 루인.

"왜 먹지 않겠다는 것이냐."

"내가 이 요리들을 먹지 않으면 결국 내 식탁에 올라오지 않을 거야."

그녀가 저 멀리 홀의 벽 쪽에서 고개를 숙이고 있는 시녀장 마리나를 바라봤다.

"내가 아낀 식비만큼 집사에게 요구할 거야. 마리나의 급료를 올려 달라고."

짐짓 너스레를 떨며 놀란 표정을 짓고 있는 루인.

"이유가 궁금하구나."

"난 단지 맛있는 걸 참으면 되지만, 그걸로 마리나의 마음을 얻을 수 있어. 난 마리나를 내 사람으로 만들고 싶어."

"그렇다. 마리나는 충분히 감동하여 너의 손과 발, 눈과 귀가 되어 줄 것이다."

"응! 귀족의 재물은 그렇게 쓰는 거니까!"

루인이 빙그레 웃었다.

"똑같은 요리를 바라보면서도 누군가는 절제를 말하고 누군가는 특권이라고 주장하는구나. 재미있구나 하이베른가여. 가르칠 자는 욕망을 포장하고 배울 자가 오히려 절제를 다짐하다니."

"감히! 네놈은 위아래도 없는 것이냐?"

당장이라도 검을 뽑을 듯, 무시무시한 눈빛을 빛내고 있는 삼촌을 바라보며 루인이 낮게 웃음을 터뜨렸다.

"하하. 미치겠군. 가문이 언제부터 이따위로 돌아가게 된 거지?"

순간.

루인의 눈빛이 변했다.

품위 없는 욕이 나오려던 니젠이 단번에 목소리를 삼킬 만큼, 그 눈빛은 가히 압도적인 것이었다.

"니젠 성주. 그대의 눈앞에 있는 자는 가주의 부재 시 그 권위를 대리하는 대공자다. 감히 이 몸 앞에서 위계를 내세우는가?"

틀린 말이 아니었다.

가주가 아직 도착하지 않은 상황.

가율에 따르면, 지금 이 자리에서 가장 드높은 위계를 지닌 이는 바로 대공자였다.

하지만 역사가 증명하듯, 힘을 수반하지 않는 위계란 약자의 덧없는 객기.

권력이 다하면 왕조차도 죽임을 당해 온 것이 역사거늘.

"우습구나. 고작 그따위 몰골과 기량으로 대공자의 위계를 운운하다니."

언제 쓰러져도 이상하지 않은 나약한 육체.

투기 한 올 느껴지지 않는 비루한 기량.

그런 놈의 눈빛이 왜 이토록 거슬리는지는 모르겠지만, 제깟 놈이 아무리 고매한 기사도를 읊어 봤자 궤변으로 들릴 뿐이다.

루인의 강렬한 눈빛이 다시 기사들을 향했다.

"보아라 데인. 과연 닿을 수 없는 자들 같으냐."

데인은 형의 시선을 좇아 찬찬히 기사들을 훑고 있었다.

브리제, 에이거, 조디악.

그리고 눈앞의 삼촌 니젠.

그 옛날부터 자신의 우상이었던 쟁쟁한 기사들.

하지만 이상하게도 뭔가 다르게 보였다.

과거처럼 그들의 경지가 까마득하게 느껴지지 않았다.

그것은 풍겨 오는 투기나 예리한 기세 따위에 의해서 느껴지는 정보가 아니었다.

그들에게서는 사람 자체가 발산하는 강함이 느껴지지 않았다.

비로소 데인은 고개를 꺾어 형을 바라보았다.

그리고는 금방 깨달았다.

그들이 달라진 게 아니라 자신의 시야가 달라졌다는 것을.

그들에게는 형을 바라볼 때처럼 압도적인 무언가가 없었다.

"아니요 형님. 시간이 문제일 뿐, 언젠가 모두 닿을 수 있는 자들입니다."

이어 들리는 담담한 음성.

"그런 자들이 감히 나의 기량을 말하고 있구나."

데인이 웃긴다는 듯 피식 웃었다.

비록 한없이 마르고 투기 한 가닥 느껴지지 않은 형이었으나 그야말로 아득하다.

손으로 잡을 수 없는 공기처럼, 보이지 않는 곳에 존재하는 신(神)처럼, 저들과는 달리 형은 모든 것이 의뭉스럽고 드높다.

평생 검을 닦는다고 해도 도저히 따라갈 수 없는, 그런 아득한 절망이 저들에게선 느껴지지 않는다.

"이상하군요. 이제 막 4성에 이른 저도 볼 수 있는 것을 보지 못한다니."

루인이 가늘게 고개를 가로저었다.

"강함의 경지라는 것은 그리 단순한 것이 아니다. 깨어나지 못한 자의 미몽으로는 아무것도 느낄 수 없는 법이지."

마법(魔法)과 마도(魔道)를 구분 짓는 명확한 기준은 위계와 같은 경지가 아니라 정신.

검의 경지도 별반 다르지 않아서, 검성 역시 늘 정신의 순수를 강조했었다.

"……호호."

단 한마디도 하지 않고 모든 것을 지켜보고만 있던 소에느가 허탈하게 웃고 있었다.

결국 깨달은 것이다.

자신의 계획이 처음부터 어긋나 있었다는 것을.

무려 십 년이었다.

아이들의 마음을 움켜쥐기까지.

저 아이들의 사랑을 독차지하기 위해 오빠의 여인 레체아마저 죽였다.

마음에도 없는 모정을 연기했다.

철없는 어리광에 상처를 입어 가면서도 끝까지 안고 품었다.

혹여라도 모진 마음이 들킬까 봐 표정 하나 몸짓 하나 모두 계산하며 살아왔다.

하지만…….

화려한 드레스 대신 깔끔한 원피스를 입고 등장한 데이슈를 보자마자 뭔가 틀어졌다는 불길한 예감이 들었다.

그리고 데인의 달라진 눈빛을 본 그 순간.

그를 앞세워 가문을 집어삼키려는 자신의 계획이 수포로 되돌아갔다는 것을 본능적으로 깨달았다.

'대공자!'

금방 알 수 있었다.

이 가문의 아이들이 대공자로 인해 완전히 변해 버렸다는 것을.

소에느가 멍하니 자신의 동생 니젠을 응시하고 있었다.

그러다 그녀는 나직이 고개를 가로저었다. 그만으로는 아무것도 할 수 없었기에.

끝났다.

거사에 성공한다고 해도 기사들의 마음을 온전히 모을 수가 없다.

그때.

왕국의 기수, 하이베른가의 가주 카젠이 홀에 입장하고 있었다.

그는 예복을 입고 있지 않았다.

사자관을 머리에 쓰지도, 금린사자기를 손에 들고 있지도 않았다.

그가 걸치고 손에 들고 있는 것은 육중한 갑주, 그리고 가주의 검 '사홀의 용맹'이었다.

샹들리에로부터 부서진 빛살들이 그를 비추었다.

붉은 망토를 펄럭이며 한없이 당당하게 서 있는 카젠은 그야말로 눈부셨다.

사자와 같은 그의 부리부리한 두 눈이 베른헤네움에 모인 기사들을 천천히 훑고 있다.

천상에서 강림한 기사, 그 자체였다.

"……."

"……."

기사들은 그 압도적인 모습에 예를 표하는 것조차 잊고 멍하니 바라보고 있었다.

잊고 있었다.

몽델리아 산맥의 지배자 사자왕(師子王)을.

영광을 부르짖지 않아도 명예로운 자.

검을 치켜들지 않아도 용맹스러운 자.

누구보다 드높은 기사, 왕국의 기수 카젠은 이 하이베른가의 기사들 모두가 품어 온 영웅이었다.

구구구구구구구구-

거대한 홀이 흔들린다.

상상할 수도 없는 거대한 투기의 파장.

그에게서 피어오른 압도적인 힘이란 기사의 피를 들끓게 하는 사자의 포효.

누군가가 눈물을 흘렸다.

언젠가부터 사자왕은 화려한 가주실에서 나오지 않았다.

폐인이 되었다는 소문도, 심마에 빠졌다는 소문도 처음엔 믿지 않았다.

하지만 그 세월이 무려 십 년이었다.

기사의 신의(信義)도, 추구했던 가치도 희미해져만 가는 세월.

영웅의 부재에 흔들렸다.

전장에서 바라볼 등이 없으매 절망했다.

하나, 갑주를 입고 투기를 발산하는 그를 보는 순간.

욕망을 탐해 온 마음이, 나약하게 흔들리던 기사도가, 모두 차곡차곡 개어져 머나먼 저편으로 날아갔다.

척.

"기사 브리제. 한없이 경원하는 마음으로 사자왕을 배알하나이다."

브리제가 한쪽 무릎을 꿇은 채 고개를 떨군다.

그의 붉은 눈동자에서 쉴 새 없이 눈물이 흘러내릴 때.

"기사 미카도. 한없이 경원하는 마음으로 사자왕을 뵙습니다."

"기사 에이거……."

"기사 조디악……."

털썩 털썩.

소에느의 기사들이 하나둘씩 무릎을 꿇는다.

루인도 대공자의 예법으로 예를 표시하며 천천히 일어났다.

어느덧 가주의 오른편에 서서 함께 기사들을 굽어보는 대공자 루인.

악에 받친 사람처럼 쉴 새 없이 몸을 떨고 있는 소에느.

날카롭고 차갑던 그녀의 눈빛이 어두운 증오로 물들기 시작했다.

기사들의 의식과 신념을 무너뜨린다는 것.

미약한 물줄기가 마침내 바위를 뚫어 내는 것처럼, 결국 그것은 지독한 인내가 아니라면 불가능한 일이었다.

그러므로 소에느의 삶이란 역시 처절할 수밖에 없었다.

단숨에 장악하고 싶은 욕망을 꾸역꾸역 참아 내며…….

천천히, 하지만 철저하게, 가문의 모든 저변을 은밀히 변화시켰다.

그러나 그 치열했던 모든 것들이, 저 왕국의 기수 카젠의 강렬한 존재감 앞에 너무나도 허망하게 무너져 내렸다. 당황스럽다는 생각조차 일어나지 않을 정도로.

"……."

애써 잊으려 했었다.

하이베른가라는 검술 명가의 근본을.

하지만 오빠는 이 가문에서 자신이 어떤 존재인지, 무엇이 본인의 권위를 증거하는지를 단번에 증명해 냈다.

그렇게도 인정하기 싫었던, 이 가문의 기사들이 우러르는 일관된 사상.

절대적인 기수의 존재, 그 무도하고 파괴적인 힘 앞에서 자신의 모든 노력이 물거품으로 변해 버린 것이었다.

더욱이.

'대공자!'

테이블 위에 펼쳐진 요리.

그 짧은 순간 저 대공자는 자신의 은밀한 의도를 칼날처럼 날카롭게 꿰뚫어 버렸다.

오래도록 숨겨 온 발톱을, 기사들의 의식을 허물어 온 그 치밀한 원리를, 허망할 정도로 간단하게 들춰낸 것이다.

원래라면 이렇게 쉽게 무너질 욕망들이 아니었다.

모두 저 대공자가 미리 기사들의 마음을 흔들어 놓았기 때문에 가능했던 것.

게다가 근원을 알 수 없는 그의 놀라운 혜안보다 더 믿기 힘든 것이 하나 더 있었다.

잔잔한 그의 말 속에서 풍겨 오는 의식 체계.

그것은 17세 소년의 것이라 믿기엔 너무 비현실적인 것.

그런 대공자가 너무 충격적이라서, 오빠에게 투기가 흘러나왔다는 사실마저 놀랍지 않았다.

물론 모두가 그런 것은 아니었다.

"형님이 어떻게……?"

믿을 수 없다는 듯 두 눈을 치켜뜨고 있는 니젠.

가주 카젠이 힘을 잃어버렸다는 사실은 그간의 모든 정보가 가리킨 결과였다.

마탑의 현자들을 끈질기게 추적 조사해서 결과를 얻었었다.

가주실을 가득 메우고 있던 마나의 잔향이 환혹계 은폐 마법이라는 것 역시 알아냈다.

오랜 세월 그는 외부의 시선을 피하기 위해 외출을 삼갔다.

소수의 심복들과 월례 회의를 주관해 온 것 또한 그 모든 신빙성을 방증하는 것이었다.

하나 자신을 압박하고 있는 이 거대한 투기란 그 옛날보다 오히려 더 강렬해진 느낌.

아무리 생각해도 이건 도무지 앞뒤가 맞지 않는 상황이었다.

그때, 카젠의 투명한 눈빛이 기사들을 차례로 훑고 있었다.

"기사 가올에게 처결을 내리겠다."

무릎을 꿇고 있던 기사 가올.

흔들리는 그의 동공이 왕국의 기수를 올려다보고 있었다.

"그대의 관할 아래 있는 땅 20에이커를 몰수한다. 보리스

지방의 순찰을 담당하는 탑주(塔主)의 지위 역시 반환하여야 할 것이다."

결코 항거할 수 없는 강렬한 권위가 가올을 집어삼켰다.

기사 가올이 황급히 엎드리며 머리를 찍었다.

"……충!"

해부할 것만 같은 가주의 시선이 자신에게도 닿자, 기사 조디악 역시 무너지듯 엎드렸다.

"기사 조디악. 그대의 병권과 재산을 모두 몰수한다. 또한 에르혼 성의 성주 지위를 박탈한다. 그대의 새로운 계급은 일등위 견습 기사다."

조디악의 입은 쉽사리 떨어지지 않았다.

비웃는 자, 조디악의 서열은 붉은 눈의 기사 브리제의 바로 아래.

대하이베른가의 기사 서열 십 위권을 자랑하는, 공작령 아니 왕국 내에서도 최고위급 기사인 그였다.

그런 그에게 견습 기사의 신분이란 너무나도 가혹한 처벌.

새파란 애송이들과 함께 어울리며 생활하라는 건 죽음보다 더한 치욕이 아닐 수 없었다.

그렇게 그가 차라리 은퇴를 결심했을 때, 또다시 카젠의 차가운 음성이 울려 퍼졌다.

"받아들이지 않는다라. 하면 가율(家律)을 따르도록 하지."

카젠의 두 눈이 더없는 살기로 이글거렸다.

"그대는 베른가의 혈족을 죽인 참혹한 중죄를 범한 것으로 모자라 실종이라는 그릇된 보고로 가문을 기망했다. 나 카젠은 베른가의 오랜 가율에 따라 참형을 명한다. 또한 그대의 가문이 후대로 전승될 수 없도록 그대의 장자는 거세될 것이다. 그는 아비의 죄를 속죄하며 평생 베른가에 봉사해야 할 것이다."

"가, 가주님!"

조디악이 뒤늦게 자신의 실수를 깨닫고 황급히 엎드리며 자비를 구걸했으나, 안타깝게도 가주의 입에서 번복은 일어나지 않았다.

"늦었다, 조디악. 내 판결은 끝났다."

그 순간.

마치 허공에서 생겨나듯, 일단의 기사들이 그 존재를 드러냈다.

사자의 머리 형상이 양각된 가면들.

사방에서 옥죄어 오는 광활한 투기.

조디악은 그 아득함에 멍하니 굳어지고 말았다.

저들 하나하나가 자신 못지않은, 아니 자신을 능가하는 강자들.

그런 자들이 얼핏 헤아려도 삼십여 명에 육박했다.

가주의 집행자들!

그들의 힘은 자신들이 판단했던 수준보다 훨씬 더 아득한 것이었다.

“기사 조디악을 베른가의 기사 명부에서 삭제할 것을 명한다. 이 시간부로 조디악의 신분은 죄인으로 강등되었다. 온전한 가율대로 죄인을 처결하라.”

우우웅-

집행자들의 검이 일제히 울었다.

초대 가주로부터 이어진 오랜 맹약에 따라 그들은 곧바로 가율을 집행했다.

-충(忠).

결기가 끓어오른다.

집행자들의 응집된 투기, 태양처럼 타오르는 무시무시한 스피리츄얼 오러들이 그대로 조디악을 향해 폭사된다.

“아, 안 돼!”

뒤늦게 투기를 끌어올리며 대항했지만 이미 때는 늦은 상황.

조디악의 몸은 집행자들의 스피리츄얼 오러를 견디지 못하고 그대로 육중한 갑옷과 함께 부서졌다.

꽈지지직!

촬박! 촬박!

조디악의 파편이 비릿한 피내음과 함께 사방으로 쏟아져 내린다.

갑작스레 일어난 참극.

왕국의 기수가 보인 그 어마어마한 권위에 홀에 모인 모든 기사들이 부르르 몸을 떨고 있었다.

"기사 브리제."

이어 가주의 호명을 받은 붉은 눈의 기사.

의외로 브리제는 담담했다.

다가올 운명을 겸허히 받아들일 생각인 듯, 그는 가라앉은 표정으로 천천히 고개를 숙이고 있었다.

"그대의 직위와 재산을 유지한다. 허나 그대의 팔 하나를 거두어 가겠다."

의외의 결과.

브리제는 가주의 결정이 무엇을 기준으로 판단한 결과인지를 알지 못했다.

그의 얼굴에 떠오른 의문을 읽고서 카젠이 답해 주었다.

"그대는 데인을 검은 수리 계곡으로 인도한 자. 나는 그대에게 베른가의 후계를 위험에 빠뜨린 죄를 묻고 있는 것이다."

가주의 후계를 위험에 빠뜨린 죄.

가율을 온전히 따른다면 죽음을 명한다 해도 이상할 것이 없었다.

결연한 얼굴.

결국 브리제는 소매 속에 감추어 놓았던 단도로 자신의 어깨를 긋기 시작한다.

살을 가르는 소리.

꽈드득, 어깨뼈의 이음새가 갈라지는 소리.

투둑, 억센 힘줄이 잘려 나가는 소리.

그 모든 소름 돋는 소음들이 홀 내부에 잔인하게 울려 퍼진다.

억세게 다문 턱.

격렬하게 몸을 떨면서도 브리제는 신음 하나 흘리지 않았다.

툭.

결국 떨어지고만 브리제의 팔.

브리제는 꿈틀거리는 자신의 왼팔을 집어 들어 카젠을 향해 공손히 내밀었다.

"……자비에 감사드립니다."

스스스스.

강렬한 투기로 단숨에 브리제의 왼팔을 태워 버린 카젠이 무표정하게 고개를 끄덕였다.

"지혈하도록."

또 다른 기사들이 베른헤네움 내부로 입장했다.

가주의 심복이라 할 수 있는 유카인과 그를 따르는 순혈주의자들.

명에 따라 완전한 무장으로 입장하고 있는 그들은 하나같이 결기로 가득한 모습이었다.

이후 카젠의 처결은 죄의 경중에 따라 엄정하게 진행되었다.

가주의 냉엄한 음성이 자신들의 죄과를 낱낱이 드러낼 때마다 기사들은 쉴 새 없이 몸을 떨어 댔다.

가주는 자신들의 치부를 한 치의 오차도 없이 모두 꿰뚫고 있었다.

끝없이 욕망을 탐해 온 자신들의 과거.

그렇게 그들은 완벽하게 벌거벗겨진 심정으로 모든 것을 순순히 감내할 수밖에 없었다.

가주의 처결이란 가율에 비한다면 지극히 가벼운 것이기에.

주인을 잃은 온갖 지위와 이권들이 초심을 잃지 않고 신념을 지켜 낸 순혈주의자들의 몫으로 돌아갔다.

권력의 중심에서 멀어진 채로 온갖 설움과 차별을 감당하던 그들로서는 절로 눈물이 흘러내릴 만한 감동이었다.

폭풍이 지나갔다.

카젠이 가주의 자리에 앉자 그제야 기사들은 일제히 착석했다.

하지만 모두의 의문이 아직 남아 있었다.

이 모든 사건의 원흉이자 주동자인 여름 정원의 소에느, 아이올 성주 니젠에게는 가주가 그 어떤 죄도 묻지 않았기 때문이었다.

가주의 입은 다물어졌으나 더없이 잔인했던 긴장감은 아직 끝난 것이 아니었다.

결국은 참지 못한 소에느의 입술이 벌어졌다.

"여전히 지독하시군요."

카젠의 투명한 동공이 소에느를 훑었다.

"네게 말하는 것을 허락지 않았다."

소에느의 입가에 처연한 미소가 맺혔다.

"무력을 되찾았으면서 지금까지 어떻게 참아 낸 거죠?"

"……."

"이런다고 내가 무너질 것 같아요? 천만에. 취할 수 없다면 부숴 버리는 것이 사자의 논리죠. 내겐 여전히 이 가문을 부술 수 있는 힘이 있어요."

이어지는 카젠의 무심한 음성.

"내가 왜 늦게 왔다고 생각하느냐."

순간 미친 듯이 흔들리기 시작하는 소에느의 동공.

그녀가 마지막까지 희망의 끈을 놓지 않은 것은 베울하든 경의 진지에 모일 6천의 병력 때문이었다.

그야말로 정예 중의 정예를 추린 병력.

그 병력만 있다면 아직 끝난 것이 아니었다.

"끝났다, 소에느. 이미 베울하든은 본 가의 지하 감옥에 투옥되었다."

"뭐……?"

모든 병력을 베울하든 경의 진지에 모으고 있다는 사실은 소에느의 최측근, 극소수만 알고 있는 정보였다.

그 비밀스러운 계획을 이미 카젠이 알고 있다는 것.

그 말이 의미하는 것은 단 하나밖에 없었다.

소에느가 피가 나도록 입술을 깨물었다.

"……첩자를 심어 두었군요."

그렇게 말하면서도 그녀는 도무지 믿지 못하겠다는 눈치였다.

그 어두운 회의실에 있었던 자들은 이미 철저하게 검증이 끝난 사람들.

오랜 세월 그들의 일거수일투족을 끈질기게 관찰했었다.

그들 중에 첩자가 있었다는 것은 그녀로서는 도저히 받아들이기 힘든 현실이었다.

"……."

굳이 부정하지 않으며 무심하게 소에느를 바라보고 있는 카젠.

불과 얼마 전까지만 해도 가문의 순수를 믿고 있었던 그였다.

그런 그가 미리 이런 상황을 대비해 첩자를 심어 두었을 리는 만무한 일.

그럼에도 소에느의 계획을 미리 차단할 수 있었던 이유.

그것은 대공자 루인이 건네준 반역자들의 명단 때문이었다.

'루인…….'

집행자들을 투입해 확인해 본 결과, 그 정보는 놀라울 정도로 정확했다.

이제 카젠은 루인의 혜안이 대체 어디까지 미치는지 감히 가늠조차 할 수 없었다.

카젠이 그런 자신의 아들을 조용히 응시했다.

싸늘하게 식은 표정으로 데아슈의 두 눈을 감싸고 있는 루인.

짐작조차 할 수 없는 깊이의 분노를 드러낸 채, 차갑게 서 있는 그를 바라보며 카젠이 무겁게 입을 열었다.

"무얼 말하고 싶은 것이냐?"

더없이 엄숙한 가주의 행사.

허락지 않아 절제하고 있던 루인의 감정이 폭발하듯 터져 나왔다.

"아버지의 처결을 인정할 수 없습니다."

모든 기사들이 두 눈을 치켜떴다.

이 거대한 검가에서 가주의 권위란 태양과도 같은 것.

한데 그 힘을 대리하는 대공자가 가주의 권위를 부정했다.

"무엇이 마음에 들지 않는다는 것이냐."

해부할 듯 기사들을 훑는 루인의 시선.

"기사들에게 자비를 베푸는 것까진 인정할 수 있습니다. 단."

대공자 루인이 소에느를 직시한다.

"순결한 기사도를 타락시킨 원흉까지 용서하는 건 베른의 방식이 아닙니다. 형제의 정이 가주님의 판단을 흐리는 것이라면 잠시 이 대공자에게 권한을 이임해 주십시오."

데인이 몸을 떨고 있었다.

가문의 모든 것을 긍지와 영광으로 삼아 온 데인.

그러나 마침내 적나라하게 드러난 현실이란 마주 바라볼 수 없을 만큼 역겹고 추악한 것이었다.

하이베른가의 기사 서열 10위, 그런 조디악의 파편이 비처럼 쏟아지는 비현실적인 광경.

아버지의 명령에 스스럼없이 자신의 왼팔을 잘라 내는 기사 브리제.

그토록 고아하며 자상했던 고모는 감히 가주의 면전에서 가문을 송두리째 부숴 버리겠다는 협박을 늘어놓았고.

기사도의 화신처럼 굴었던 삼촌은 저주를 이기고 살아 돌아온 조카에게 잔인한 악담을 퍼붓는다.

충성을 맹세했던 가신들, 그런 기사들의 욕망으로 번들거리는 눈빛을 마주한다는 것.

그것은 살아왔던 세계의 부서짐이요, 믿고 있던 가치관의 잔인한 부정이었다.

처음으로 바라본 어른들의 세계.

그 충격적인 실체가 너무 비현실적이라, 거대한 투기를 뿜어내고 있는 아버지조차 이질적으로 느껴지지 않는다.

형을 바라봤다.

어떻게 미리 알았을까. 이 모든 처참한 것들을.

투명한 형의 두 눈, 가슴을 저려 오는 그 무거운 감정에 마치 질식할 것만 같다.

이 지옥 같은 현실을 그저 버티는 것만으로도 이렇게 심장이 옥죄어 오건만.

오히려 형은 아버지께 권한을 요구하면서까지 저 더러운 진창에 몸을 던지고 있었다.

마치 오래도록 이 순간만을 기다려 온 사람처럼.

형의 호언장담과는 달리, 자신은 저런 냉철한 대공자가 될 수 있다는 확신이 생기지 않는다.

그때, 카젠의 무거운 음성이 다시 흘러나왔다.

"대공자의 청을 거절한다."

강렬하게 타오르던 그의 투기가 조금씩 잦아들었다.

"다만 대공자의 의견을 경청하겠다."

그 순간 데인을 비롯한 모든 기사들의 눈이 크게 떠졌다.

아무리 대공자라고는 하나 가주의 권위에 정면으로 도전했다.

왕국의 기수 사자왕은 결코 그런 일을 용납하는 사람이 아니었다.

한데 경청이라니?

그제야 기사들은 깨달았다.

자신들의 주인은 이미 대공자를 완벽하게 신뢰하고 있다는 것을.

이어 루인의 타는 듯한 목소리가 흘러나왔다.

"동료에게 상처를 입혔다면 채찍으로 다스릴 수 있습니다. 잠시 욕망에 눈이 멀어 재물을 착복했다면 더 많이 몰수하여 뉘우치게 할 수 있습니다. 그 정도라면 충분히 사람의 논리로 응징할 수 있지요. 인정합니다."

루인의 이글거리는 눈빛이 소에느를 향했다.

"하지만 저 여인은 단순히 욕망을 이기지 못해 타락한 것이 아닙니다. 오랜 세월 은밀하게 기사들의 의식을 파괴한 자입니다. 온갖 삿되고 저열한 방법으로 가문의 신념을 무너뜨린 자입니다."

소에느의 눈썹이 꿈틀거리기 시작한다.

"하이베른이라는 거대한 검술 명가의 정신과 의식을 타락시킬 수 있는 존재. 얼마나 사악하고 비틀린 마음이어야 가능한 것인지 저는 가늠조차 할 수 없습니다."

모두의 앞에서 당하는 치욕에 온몸을 부르르 떨고 있는 소에느.

"그래서 저 여인은 사람의 기준으로 평가할 수 없는 악마입니다. 더욱이 그런 자가 가문의 혈족이라는 사실은 베른이라는 이름에 진실로 치명적입니다."

"아, 아하하하하하!"

어깨를 들썩이며 기괴하게 웃고 있는 그 모습에, 오랜 세월 그녀와 함께해 온 기사들조차 멍해진다.

소에느의 입가에 처절한 미소가 맺혔다.

"한 번도 신경도 쓰지 않았던 녀석인데…… 대단해. 꼭 빼닮았어. 저 원칙의 화신인 오빠가 왜 저렇게까지 신뢰하는 표정인지 이제는 알 것 같아. 대공자라는 인간들은 정말 신물이 날 정도로 대단해. 아주 질려 버리겠어."

결국 그녀는 루인을 마음 깊이 인정했다.

루인은 검술 명가의 고매한 혈통 따위로 평가할 인물이 아니었다.

저 무시무시한 오빠와 같은 부류.

천재라는 단순한 수사로 설명할 수 없는, 이 세상에 존재해선 안 될 괴물 같은 인간들.

모든 재능과 운을 거머쥔 채로 태어난 신처럼 전능한 자.

그 어떤 훼방과 협잡으로도 무너지지 않는 거대한 성(城)과 같은 자.

평생 자신의 오빠에게서 느낄 수 있었던 그런 아득함이 저 대공자에게도 느껴진다.

"나 하나 없앤다고 끝날 것 같아? 천만에! 이 고루한 왕국이 왕법을 바꾸지 않는 이상! 이 빌어먹을 가문의 가율이 바뀌지 않는 이상! 이 저주와 같은 굴레, 이 품위 없는 싸움은 끝까지 계속될 거야!"

차가운 루인의 눈빛을 마주한 채로 비웃던 소에느가 니젠, 자신의 동생을 응시했다.

"니젠에게도 꿈이 있었어. 포기하기엔 너무도 간절한 열망이었지. 물론 그렇게 갈구하면 할수록 그는 더 비참해지기만 했어."

다시 루인을 바라보는 소에느.

"……나는 어땠을까? 그래도 니젠은 가문의 모든 결정에서 소외되진 않았어. 하지만 난 단지 여자라는 이유만으로 어떤 것도 내 의지대로 할 수 없었지. 그저 좋은 가문과 맺어질 우리 안의 암컷. 내내 몸을 가꾸고 귀족의 예절과 품위를 강요당해 왔어."

소에느가 기사들을 훑는다.

"다른 혈족들도 다르지 않아. 모두가 꿈과 야망을 강제로 거세당했어. 단 한 명의 인간에게 충성을 바치기 위해 길러진 베른의 들개. 저들도 우리 안에 있었던 건 마찬가지야. 나약하고 비루한 수컷들이지."

순혈주의자 측의 기사들 중 몇몇이 참지 못하고 벌떡 일어났다.

그러나 카젠의 가벼운 손짓에, 그들은 필사적으로 분노를 눌러 담을 수밖에 없었다.

"대공자! 빌어먹을 차기 기수! 가문의 모든 안배와 배려, 지원과 영광을 거머쥐고 태어나는 자! 너 루인, 저 오빠가 지금까지 누렸고 앞으로도 누릴 그 모든 눈부신 것들! 다른 모든 이에겐 그건 절망이야! 잔혹한 거세지!"

소에느가 저 멀리, 화려하게 반짝이고 있는 샹들리에를 바라본다.

악다문 입, 비명을 토해 내는 듯한 그녀의 목소리가 또다시 처절하게 흘러나왔다.

"눈부신 자들이 어둠을 품고 사는 사람들의 마음을 알 리가 없어! 본 가의 역사책에서 지워진 소에느는 몇 명일까? 앞으로는 몇 명이나 더 나타날까?"

그다음 이어진 그녀의 말에 카젠의 얼굴이 충격으로 굳어졌다.

"소에느는 또다시 나타날 거야. 그녀 역시 술에 취한 부랑자에게 스스로 처녀를 내어 주겠지. 베른가의 고귀한 공녀? 개나 주라지. 꿈도 꿀 수 없는 몸뚱이 따윈 오히려 진창에 더럽혀질수록 좋아. 남아 있는 일말의 양심조차 잊을 수 있거든."

"소에느!"

소에느가 의자에서 천천히 일어났다.

어느새 눈물로 범벅이 된 그녀가 처연하게 웃으며 오빠를 쳐다본다.

"더 비참하게 만들지 말고 그냥 죽여 줘요. 더는 미련이 없어. 나도 끝내고 싶어요, 이젠."

끓는 듯, 애잔한 그녀의 목소리에 파반 경과 몇몇 혈족들이 화답했다.

"나 역시 차라리 가문의 검에 죽겠소. 이 기수의 가문에서 더는 살아갈 자신이 없소이다, 가주."

"속죄를 허락해 주십시오."

"저도……."

그 광경을 모두 지켜보고 있던 루인은 더없이 복잡한 심경이었다.

늘 가문의 배덕자들을 단죄하고 싶은 마음으로 살아온 자신.

하지만 왜 모르고 있었을까.

저 소에느가 아버지의 '데아슈'라는 것을.

일그러진 얼굴로 몸을 떨고 있는 니젠 삼촌 역시 아버지의 '데인'.

저 무시무시한 투기의 외피는 그저 아버지의 가면일 뿐이었다.

참을 수 없이 안타까운 마음, 누구보다 후회하는 심정으로 아버지는 또 저렇게 버티고 서 있었다.

어쩌면 달려가서 안아 주고 싶을 것이다.

자신을 더 원망하라고 소리치고 싶을 것이다.

왕국의 기수, 대하이베른가의 가주라는 위계만 아니었다면 진즉에 아버지는 그리했을 것이다.

그 모진 시간을 되돌아와 이렇게 아버지의 텅 빈 얼굴을 마주 보고 있자니 이제야 조금 알 것 같았다.

인간의 수명을 초월하여 대마도사로 살아온 이 낡은 영혼으로도 가문을, 아버지의 마음을 온전히 헤아리지 못하고 있었다.

그러다 문득 루인은 소에느에게 했던 말이 떠올랐다.

-인간의 행동에는 반드시 당위가 있지. 그래서 정말 궁금해. 도대체 왜 그렇게 사는 거지?

그녀의 욕망에 당위가 없는 것이 아니었다.

단지 자신이 바라보지 못한, 아니 관심조차 없었던 것일 뿐.

가문의 모든 위계와 질서를 당연하다고 생각한 자신의 어리석음.

애초부터 하이베른가는 단순히 자신의 형제들을 올바르게 가르친다고 해서 다시 위대한 미래가 그려질 가문이 아니었던 것이다.

그때, 영원히 침묵할 것만 같은 카젠의 입이 다시 열렸다.

"이 베른가를…… 다시 나를 믿어 줄 순 없겠느냐?"

투명한 얼굴, 소에느가 천천히 고개를 가로저었다.

그녀의 비어 버린 두 눈이 향하고 있는 곳은 루인이었다.

"저 대공자를 봐. 벌써부터 그는 철저하게 동생들을 장악했어. 그 옛날의 오빠처럼 이미 홀로 빛나기 시작했지. 저 루인과 동시대를 살아가는 직계와 방계들은 분명 우리처럼 숨조차 제대로 쉬지 못할 거야."

"내 대공자는 다르다, 소에느."

순간 악에 받힌 듯한 소에느의 눈빛이 카젠을 향했다.

"닥쳐!"

그녀의 음울한 시선이 루인의 형제들을 훑는다.

"저 어린 데인은 이제 어떻게 살아가야만 할까? 왕국의 검술 천재, 찬란했던 그의 영광은 금세 소싯적 이명으로 치부되겠지. 꿈꾸면 꿈꿀수록 멀어지는 열망. 충성을 강요받고 야망을 거세당하는 베른가의 들개. 그것이 남은 그의 인생이야! 달라지는 건 아무것도 없어…….”

그녀의 슬픈 시선이 데아슈에서 멈춘다.

“……미안하다 데아슈.”

더욱 쏟아져 내리는 눈물.

데아슈를 향한 그녀의 마음이 전부 거짓은 아니었다.

적어도 자신처럼 살게 내버려 두지 않겠다는 마음만큼은 진심이었으니까.

그런 측은한 마음이 커질수록 대공자를 증오하는 감정도 함께 부풀었다.

저 어린 대공자의 눈빛은 정말이지 소름이 돋는다.

나이에 어울리지 않는 의식 체계.

끝을 가늠할 수 없는 치밀한 심계.

천재적 재능? 타고난 자질?

그런 건 데인이 타고났다.

저 대공자에게서 느껴지는 것은 그런 인간적인 면모들이 아니었다.

사람임을 의심하게 만드는 그런 아득함.

여기서 더 성장한다면 어떤 모습일지 감히 상상도 되지 않는다.

그때, 데인이 한 발자국 나서서 고모 앞에 섰다.

“고모. 저는 형님의 들개가 아닙니다.”

"뭐……?"

데인이 루인을 담담히 바라본다.

"제가 형님에게 무언갈 희생하고 양보할 수 있다면 더없이 기분 좋은 일이죠. 형님에게 진 빚을 갚는 것이니."

"빚?"

"그런데 저는 아마 평생 갚을 수 없을 겁니다. 애초부터 형은 제게 뭘 요구할 인간이 아니거든요."

소에느의 얼굴에 참을 수 없는 의문이 떠오른다.

"도대체 얼마나 많은 빚을 졌길래? 대공자의 상속분을 모두 빌리기라도 했단 말이니?"

호탕하게 터져 나온 데인의 웃음소리.

"하하하하하!"

데인은 고모의 빈약한 상상력에 웃음을 참을 수가 없었다.

고작 돈이라니!

정말로 이 왕국의 검술 천재 데인이 그런 하찮은 빚을 졌다고 생각하는 건가?

"고모."

소에느의 가슴이 서늘해진다.

데인의 가라앉은 눈빛이 어느덧 대공자를 닮아 있었기 때문.

"진정한 기사의 영혼을 형에게 받았습니다. 사람이 평생 가슴에 품어야 할 가치를 배웠습니다. 무인이 경계해야 할 자만과 두려움을 배웠습니다. 또한."

데아슈와 위폰의 어깨를 감싸 안는 데인.

"……사랑을 배웠습니다. 그리고 형은."

〈*형이라 부르고 있으면서 그게 무슨 소리냐.*〉

"어쩌면 그 자신보다."

〈*잊지 마라, 데인. 나는 너의 형이다.*〉

붉어진 눈시울을 닦으며 데인이 담담하게 말했다.

"우리를 더 사랑하는 것 같습니다."

Chapter. 7

Chapter. 7

'……사랑?'

한 번도 상상해 본 적이 없는, 아니 애초부터 이 가문의 괴물들과는 어울리지 않은 단어.

데인의 입에서 흘러나온 단어는 그만큼 소에느에게 충격적으로 다가왔다.

하지만 데인에게서 느껴지는 묘한 이질감.

어느새 대공자를 닮아 있는 듯한 그의 두 눈은 지금까지 자신이 한 번도 경험하지 못한 종류였다.

이내 소에느의 멍한 얼굴이 데아슈를 향했다.

그러다 그녀는 또 한 번 굳어 버렸다.

대공자를 바라보는 데아슈의 눈빛.

그 시선 또한 데인과 너무나 흡사했기 때문이었다.

'동경……?'

그 눈빛이란 자신의 형제들에게는 결코 존재하지 않는 것.

어떤 공포도 주눅도 없는, 마치 사랑하는 무언가를 바라볼 때의 그런 부드러운 감정.

지금까지 베른헤네움에서 일어난 일들이 너무도 충격적일 텐데도, 마치 데아슈는 대공자를 바라보며 마음의 안정을 얻고 있는 듯했다.

힘찬 표정으로 고개를 끄덕이고 있는 위폰.

굳건한 믿음으로 대공자를 바라보고 있는 왕국의 기수, 카젠까지.

자신이 모르고 있는 동안 저 일가(一家)에게 도대체 무슨 일이 일어났었단 말인가?

소에느가 데인을 향해 물었다.

"난…… 이 고모는…… 지금 네가 무슨 말을 하고 있는지 모르겠어."

지금 자신이 두 눈으로 보고 있는 것은 이 가문에선 도저히 일어날 수 없는 불가사의.

이 거대한 사자의 가문에서 '빛'이란 그런 고상한 것들이 아니었다.

재물. 권력. 목숨.

그녀가 경험한 빛이란 대체로 인간의 욕망과 밀접한 것들.

그러므로 데인의 주장에 말할 수 없는 이질감을 느낄 수밖에 없었다.

"말 그대로입니다 고모. 형은 우리를 발아래에 두고 군림하는 사람이 아닙니다. 애초에 우리를 들개 취급했다면 가르침을 베풀고 스스로 가진 것을 내어 줄 리가 없을 테니까요."

"……가진 것을 내어 준다?"

대공자가 형제들에게 무언가를 나눈다?

소에느는 그런 일을 결코 들어 보지 못했다.

가문의 역사에서도 그랬고, 장자 계승을 원칙으로 하는 다른 모든 귀족가에서도 그것은 마찬가지였다.

"대공자가 네게 무얼 줬지?"

데인이 아버지를 바라봤다.

카젠이 가벼운 고갯짓으로 승낙의 뜻을 보내오자 다시 그가 말했다.

"고모, 형이 제게 준 것은 대공자의 위계입니다."

그 순간.

소에느와 니젠은 물론 그들의 휘하에 있던 모든 기사들이 충격적인 표정으로 굳어졌다.

소에느의 멍해진 시선이 다시 오빠의 일가를 천천히 훑고 있었다.

침묵하고 있는 카젠.

무심한 루인의 표정.

어떤 동요도 없는 데아슈와 위폰까지…….

이미 알고 있었다는 듯, 그들의 모습에서 느껴지는 것은 분명 명백한 합의(合意).

"그, 그럴 리가 없어!"

대공자.

사자왕의 모든 것을 이어받을 존재.

왕국의 기수를 가문으로부터 약속받은 자가 형제에게 그 찬란한 영광을 모두 내어 줬다고?

왕국의 군권을 절반 이상 거머쥔, 가히 국왕과 비교되는 엄청난 권력.

이 나라 권력의 정점, 모든 기사들이 소원해 마지않는 그런 명예를 양보한다는 것.

그것은 이 거대한 검술 명가의 어떤 이도 상상해 보지 못한 것이었다.

침묵하던 루인의 입이 열렸다.

"마침 잘됐군. 가문의 혈족들과 가신들이 모두 모인 이곳에서 선언합니다. 차기 기수는 데인입니다. 저의 대공자 지위는 언제까지나 임시적인 것이며 그가 준비가 끝났을 때 반드시 위임될 것입니다."

충격적인 정적.

소에느만큼이나 놀란 사람은 카젠의 동생, 니젠이었다.

"하지만 왕법이……!"

귀족가의 장자는 특별한 사유 없이 계승을 거부할 수 없다.

그것이 귀족 세계의 권력 투쟁, 왕국의 혼란을 막아 온 르마델의 왕법.

그런 왕법을 어기면서까지 대공자의 지위를 포기하려는 것이 니젠으로서는 도저히 납득되지 않았다.

루인이 피식 웃었다.

"불과 얼마 전까지만 해도 유폐된 채 죽어 가던 대공자. 어차피 데인이 성년이 될 때까지만 유지될 수 있는 한시적인 지위였지요. 아버지가 그런 내 이름을 사교계 명부에 올렸을 리가 없습니다. 우리 가문이 그렇게 살가운 귀족가는 아니지 않습니까?"

"……."

그런 아들을 멀리서 지켜보던 카젠이 얼굴을 일그러뜨렸다.

루인의 말이 틀리지 않아 씁쓸했지만 한편으로는 괘씸한 생각이 드는 것도 사실이었다.

그에게 이런 엄청난 면모가 있었다는 걸 미리 알았더라면 사교계 명부 따위가 아니라 왕실에 직접 데려갔을 터.

"르마델의 왕족들은 물론 그 어떤 귀족가도 제 존재를 모르고 있겠죠. 저는 확신합니다."

확신이 아니라 그건 사실이었다.

과거, 루인이 가문을 벗어나 세상 밖으로 나왔을 때 그의 존재를 아는 이는 아무도 없었다.

오히려 베른의 성을 내세우는 사기꾼 취급을 당하기 일쑤였다.

"데인이 대공자가 되는 것에 또 무슨 장애가 있지요?"

"……."

모두가 무겁게 침묵한다.

사교계에 적을 올리지 않아 이 왕국은 루인의 존재조차 몰랐기에 분명 왕법은 장애가 될 수 없었다.

그러나 대공자의 주장에는 '왜?'라는 물음이 생략되어 있었다.

도대체 무엇 때문에 대공자의 지위를 포기한다는 것인지, 그는 여전히 가장 중요한 것을 말하지 않았다.

그런 니젠의 눈빛을 읽었는지, 루인이 담담한 음성을 이어 나갔다.

"별다른 의도는 없습니다. 유폐된 자가 왕국의 기수가 될 수 없다는 건 모두가 예상한 일이 아닙니까? 예정된 대로 데인에게 돌아가는 것일 뿐입니다."

"불가!"

흥분하고 있는 니젠.

"어디까지나 그건 대공자가 정상적이지 않았을 때의 일! 또한 유폐지 밖으로 돌아다니는 너를 형님께서 제약하시지 않는다는 건 유폐의 명을 암묵적으로 철회했다는 뜻과 같다!"

그런 삼촌의 모습에 루인은 어처구니없는 웃음이 터져 나오고 말았다.

불과 방금 전까지만 해도 반란을 획책했던 삼촌.

한데 그런 그에게서 가문의 원로들에게서나 들을 법한 원칙이 흘러나오다니?

더구나 그 내용 역시 오히려 자신의 편을 들고 있다.

장자 계승의 원칙을 그렇게나 증오해 온 삼촌에게서 어떻게 저런 반응이 나올 수 있는지 루인은 선뜻 이해가 되지 않았다.

대체 저 이율배반적인 감정은 어떤 마음으로부터 비롯된 것일까?

루인이 핏물로 그득한 베른헤네움 내부를 둘러보며 담담히 말했다.

"이런 지옥을 만든 삼촌에게서 그런 말을 듣게 되다니. 조금은, 아니 많이 의외군요."

이를 깨물며 진득하게 루인을 쳐다보는 니젠.

"함부로 우리의 모든 것을 더럽다고 말하지 마라! 나는! 누님은……!"

시작부터 욕망으로 점철된 것은 아니었다.

왕국의 기수, 사자왕의 기나긴 겨울잠.

쉴 새 없이 동요하던 기사들.

분명 처음의 의도는 가주의 공석이나 다름없는 가문의 상황을 타개하기 위한 것이었다.

하지만 흔들리는 가문을 수습하기 위한 방법들이 모두 깨끗했던 것은 아니었다.

인정하기는 싫었지만 결국 초심을 잃어버렸고 점점 더 욕망에 솔직해져 갔다.

브리제를 힐난하던 대공자에게 반박하면서도 계속 가슴 한구석이 무거웠던 것은 그 때문이었다.

"영지가 위기에 직면해도! 혈족들과 가신들이 무수히 동요해도! 그 모든 것들을 월례 회의로 해결하고자 했던 것은 다름 아닌 형님이었다! 끝끝내 가주실에서 나오지 않았던 것은 저 왕국의 기수란 말이다!"

악다문 입, 니젠의 절규와 같은 외침이 카젠을 향했다.

"잊었던 내 열망, 그 오래된 꿈에 다시 희망의 불씨를 붙인 것도 형님이었다! 형님이 힘을 잃지 않았더라면! 형님께서 가주로 오롯이 건재했다면……!"

그의 말을 단호하게 자르는 루인.

"눈처럼 허황된 말이군요. 삼촌의 녹아 버린 신념을 포장하기엔 이곳에 모인 순수한 자들이 너무 많다고 생각되진 않으십니까."

니젠이 루인의 시선을 좇아 멍하니 순혈주의자들을 바라보고 있었다.

온갖 역경과 유혹 속에서도 끝끝내 기사의 신념을 지켜 낸 자들.

그런 강직한 자들의 눈빛이란 태양처럼 강렬해서 마치 온몸이 꿰뚫리는 것만 같았다.

니젠이 더욱 이를 악물었다.

"……죽음을 명하신다 해도 도망갈 생각 따윈 없다! 하나 하이베른가를 지켜 내고 싶었던 내 마음까지 부정하려 들지 마라!"

"기수의 자리를 빼앗아야만 이 가문이 지켜질 수 있다면 저라도 그리했겠습니다."

비수처럼 파고드는 루인의 힐난에 니젠의 동요가 더욱 거세졌다.

"그래! 내가 틀렸다! 내가 모두 틀렸으니 대공자를 포기한다는 네 말을 철회해라!"

"이미 결정이 끝난 일입니다."

루인의 두 눈에 의문이 번져 갔다.

"그토록 깨고 싶어 하셨던 장자 계승이 아닙니까? 왜 이렇게까지 하시는지 이해가 되지 않는군요."

"나는 우리 혈족의 입에서……."

어느덧 루인의 동생들을 쳐다보는 니젠.

"사랑이라는 단어가 흘러나오는 것을 본 적이 없다."

사자의 가문, 하이베른가에게 너무나도 어울리지 않는 말.

분명 데인은 입을 열어 자신의 형을 말하면서 사랑을 노래하고 있었다. 확신에 찬 눈빛으로.

권위나 강요에 의한 것이 아닌, 믿음으로부터 우러나온 마음.

그 마음은 분명 굴종이 아니라 순종.

동생들로 하여금 그토록 대단한 감정을 품게 만드는 자라면, 절대 대공자를 포기하게 내버려 둘 수 없었다.

"나는…… 한 번도 그런 감정을……."

"삼촌."

루인이 바보같이 서서 한마디도 하지 못하고 있는 아버지의 힘없는 얼굴을 응시했다. 금방 그의 눈가가 붉어졌다.

"기사의 전부라 할 수 있는 투기(鬪氣)를 이 빌어먹을 대공자에게 모두 희생하시고도 티 하나 내지 않던 미련한 아버지십니다. 그런 분이 사랑을 모른다? 하하!"

저토록 온 마음에 사랑을 안고 있으면서, 대관절 왕국의 기수가 뭐길래 감정을 숨기고서 살아가야 한단 말인가.

감히 짐작도 할 수 없었다.

그 크고 너른 사랑을.

"왜 아버지가 삼촌과 고모를 죽일 수 없는지 아직도 모르겠습니까?"

"……."

가슴을 움켜쥐는 루인.

"사랑하는 이를 잃어 봤기 때문입니다. 그것이 얼마나 고통스러운 일인지 사무치도록 느껴 왔기 때문입니다. 또한."

이제야 깨달을 수 있었다.

아버지가 무슨 마음으로 버티고 있는지.

집행자들의 엄청난 힘.

저런 자들을 휘하로 두고 있는 하이베른가의 가주가 아내의 죽음 앞에서 아무런 노력도 하지 않았을 리가 없었다.

"모든 사실을 알고도…… 아버지는 저렇게 또 버티고 계십니다. 혹시라도 자신이 이성을 잃어버릴까, 그렇게 동생들마저 잃어버릴까 봐 함부로 입조차 열지 못하고 계십니다. 그런 마음을……."

흐르는 눈물을 닦는 루인.

"저는 감히 짐작조차 할 수 없습니다."

멍하니 카젠을 쳐다보고 있는 니젠.

웬만한 기사들보다 머리 하나는 더 큰 그 거대한 육체가 어쩐지 왜소하게 느껴졌다.

형님이 걸치고 있는 육중한 갑주와 검 역시 오늘만큼은 무거워 보였다.

언제나 굳건하기만 했던, 모두의 우상이었던 사자왕.

그런 사자의 울음소리가 환청처럼 들려온다.

절절한 통곡, 마음으로 울고 있는 자신의 우상을 바라보면서.

마침내 니젠이 허물어져 내렸다.

털썩.

"형님……."

실오라기 하나 걸치지 않은 심정으로 무너져 내린 니젠.

카젠은 말없이 동생을 바라보다 담담하게 말했다.

"잊었다."

카젠이 무릎을 굽혀 니젠과 시선을 맞추었다.

"그리고 오늘 또한 잊을 것이다."

그 말에.

소에느와 니젠이 동시에 흐느꼈다.

가늠할 수 없는 마음, 상상도 할 수 없는 그 아득한 너름에 결국 굴복하였다.

빙그레 웃고 있는 카젠.

"내 대공자는 다르다고 하지 않았느냐."

카젠의 시선을 좇아 멍하니 루인의 형제들을 바라보는 그들.

"우리의 시대는 끝났다."

가주의 상징, 사홀의 용맹이 루인과 그의 형제들을 향했다.

"저기 새로운 베른이 태어났느니. 검을 높이 들어 그들의 시대를 축복하자꾸나."

◆ ◈ ◆

대공자의 명령에 의해 베른헤네움 내부에 있던 모든 기사들과 혈족들, 하인들이 물러갔다.

데인은 갑자기 형이 사람들을 내보낸 이유를 알지 못했다.

그가 형을 쳐다보았을 때 루인의 걱정 가득한 목소리가 흘러나왔다.

"이제 투기를 거두셔도 됩니다."

"……."

카젠은 힘겹게 입술을 깨물면서도 질린다는 듯한 얼굴을 하고 있었다.

혈족들을 물리는 루인의 행동을 지켜보면서도 설마했었다.

한데 저 괴물 같은 아들놈은 자신의 몸 상태를 이미 정확하게 파악하고 있는 듯했다.

"후우……."

이윽고 카젠은 갑주 속에 감춰 두었던 아티펙트들을 하나 둘 꺼트렸다.

불그스레한 빛을 머금고 있는 아티펙트들을 확인한 데인이 두 눈을 휘둥그레 떴다.

그것들이 가문의 아티펙트 '포효의 씨앗'이라는 것을 단숨에 알아본 것이다.

"아버지!"

일그러진 얼굴, 꽉 쥔 주먹으로 몸을 떨고 있는 데인.

포효의 씨앗.

목숨을 건 최후의 전장, 마지막 때에 이르러서야 활용하는 결전 수단.

체내의 투기를 일시적으로 증폭하는 엄청난 효과가 있지만, 그것은 생명을 갉아먹는 독약과 같은 것이었다.

과연 포효의 씨앗을 활용한 후유증은 심각해 보였다.

아티펙트를 꺼뜨린 순간부터 아버지의 혈색은 눈에 띌 정도의 잿빛으로 변해 갔다.

또한 숨소리도 가늘어졌으며, 무엇보다 텅 비어 버린 듯한 아버지의 두 눈을 바라보고 있자니 데인은 안타까움보단 열불이 터져 나왔다.

"도대체 왜!"

포효의 씨앗은 베른가의 기사들이 목숨을 걸고 쓰는 최후의 수단.

그 위험한 아티펙트를 왜 고작 만찬 자리에서 써 버렸단 말인가.

조심스럽게 아버지의 갑주를 하나씩 벗겨 가며 포효의 씨앗을 해체하던 루인이 무심하게 입을 열었다.

"지금 아버지의 투기는 전성기 시절의 절반에도 미치지 않는다."

"형……?"

피가 날 듯이 입술을 깨무는 루인.

"타락했다고는 하나 태생이 기사인 자들이다. 온전한 사자왕의 기량을 마주하지 않은 자들이 과연 반란의 뜻을 접겠느냐."

루인이 아버지를 바닥에 누인 채로 데인을 향해 뒤돌아봤다.

"명심해라 데인. 명예와 위계만으로는 결코 기사들 위에 군림할 수 없다. 충성심의 원천이란 결국 압도적인 힘에 굴복하는 것."

명예니 신념이니 아무리 포장해 본들 결국 기사들의 세계를 지배하는 이념은 힘의 논리.

이 단순한 사내들의 습성, 오랫동안 사자의 가문을 지배해 온 논리를 루인은 모르지 않았다.

'아버지…….'

어두워져만 가는 아버지의 얼굴을 지켜보면서 오히려 가슴을 차갑게 식히는 루인.

'모든 것들이 나로 인해 비롯된 일이었단 말인가.'

거슬러 올라가 보면, 시작은 모두 아버지의 잃어버린 투기 때문이었다.

아버지의 투기가 온전했다면, 여리고의 환영 따위로 사자왕의 진면목을 감출 일이 없었다면.

이 거대한 검술 명가가 흔들리는 일 따위는 애초부터 없었을 터.

모두 하이베른가의 가주, 왕국의 기수인 아버지가 가주실에서 침묵했기에 일어난 참극인 것이다.

자신의 목숨을 살리기 위한 아버지의 희생이, 이 위대한 가문을 격랑으로 몰아간 것이다.

"네 고모를 용서해 줄 수 있겠느냐."

고저 없는 아버지의 목소리에 루인은 가슴속의 무언가가 울컥하고 치미는 심정이었다.

이 와중에도 아버지는 대체…….

"네게 너무도 힘겨운 일이라는 것을 나 역시 잘 알고 있다."

루인이 소에느의 징벌을 요구했을 때, 카젠은 아들의 얼굴에서 타는 듯한 분노를 읽었다.

그때 카젠은 확신했다.

루인 역시 옐콕 스프에 얽힌 비밀을 알고 있다는 것을.

"아버지……."

"레체아는 내 삶의 이유였다. 나 역시 지금도 이 들끓는 증오를 도저히 참을 수 없다."

갑주를 모두 떨쳐 낸 카젠이 힘겹게 몸을 일으키며 다시 입을 열었다.

"형제고 뭐고 다 죽이고 싶다. 녀석들의 피로 레체아의 넋을 위로하고 싶다. 나는…… 지금도 그런 유혹을 견디고 있다."

카젠은 더없이 담담하게 루인의 얼굴을 바라보고 있었다.

"하지만 네 고모 소에느를 우습게 여기지 말거라. 십 년 만에 가문의 기사들과 혈족들…… 팔 할을 휘하로 거둔 실력자다. 난 녀석의 수완이 단순히 권력이나 이권에 그쳤다고 여기지 않는다. 사람이 사람에게 이끌린다는 것은 그리 간단치가 않아."

동의한다는 듯 루인도 고개를 끄덕였다.

그녀가 휘하로 거둔 무수한 기사들.

아무리 치밀한 계략으로 기사들의 신념을 무너뜨렸다고 해도, 기사가 충성을 바친다는 것은 단순히 신념에 그칠 일이 아니었다.

신뢰(信賴).

사람이 사람에게 굴복한다는 건 결국 믿음의 문제.

재물을 뿌리고 자리를 약속하는 것만으로는 결코 불가능한, 반드시 그 이상의 역량이 그녀에게 있을 것이다.

"이미 소에느는 많은 이들에게 삶의 이유가 되었다. 녀석을 죽인다는 것은 또 다른 무수한 증오를 짊어진다는 것. 결국 나를 증오하는 모든 이들을 베고 나서야 레체아의 복수를 끝마칠 수 있겠지."

루인은 아버지의 비어 버린 마음, 참을 수 없이 무기력한 심정을 이해했다.

"……그리한다면 이 하이베른가에 뭐가 남는단 말이냐."

아버지는 남편으로서 지켜 주지 못했다는 절망, 그 끝없는 분노와 자괴를 가문에 드리울 수 없는 것이다.

그 순간이 가문의 파국이라는 것을 누구보다 잘 이해하고 있을 테니까.

그때, 얼음장처럼 차가워진 데인의 목소리가 흘러나왔다.

"아버지. 어머니를 죽인 자가 설마 고모란 말입니까."

마침내 데인이 아버지와 형이 나누는 대화 속에서 참혹한 진실을 목도하고 말았다.

루인이 무표정하게 입을 열었다.

"데인. 내가 널 왜 이곳에 남겨 두었다고 생각하느냐."

"제가 먼저 묻고 있습니다!"

"나는 어떨 것 같으냐."

어떤 감정도 서려 있지 않은 눈빛, 끝없이 침잠한 루인의 시선이 데인을 향했다.

"모두가 나 때문이다."

"형님!"

"나 하나 살리겠다고 아버지는 스스로 투기를 희생하셨다. 기사의 기량을 잃은 아버지는 결국 아티펙트에 의지하며 자리만 연명하실 수밖에 없었다. 그 끝에서 배덕자들의 탐욕이 피어났다."

점점 충혈되어 가는 루인의 두 눈.

"아버지는 어떨 것 같으냐. 삶의 전부였던 아내를 잃고도 아무것도 할 수 없는 텅 빈 마음을 우리가 한 자락이라도 이해할 수 있을 것 같으냐."

루인이 시선으로 아버지를 가리킨다.

"아버지의 눈을 보거라. 투명해져 더 이상 닳을 것도 없는 저 비어 버린 눈빛이야말로 미래의 네 눈이다. 무수한 절망을 딛고 일어나 오늘과 같은 참혹한 결정을 수도 없이 내려야 할 너의 삶이다. 가주(家主)란 그런 것이다."

곧 대륙에 상상도 할 수 없는 일들이 닥칠 것이다.

고작 가문의 이권에 얽힌 원한과는 비교도 할 수 없는 절망들.

그것이 데인이 마주할 미래, 그가 딛고 일어나야 할 엄혹한 운명이었다.

"아버지가 너와 내게 무엇을 바라고 계실 것 같으냐."

"저는……!"

데인은 그것까지 생각할 여력이 없었다.

당장 솟구치는 이 분노와 증오, 온몸에서 들끓는 피를 제어하는 것만으로도 힘에 부쳤다.

"데아슈를 고모처럼 만들지 않는 것이다. 위폰을 니젠 삼촌처럼 만들지 않는 것이다. 서로를 이해하고 위로하며 함께 살아가는 현명함을 우리에게 원하시는 것이다."

"형님!"

"가문의 저주에 걸린 아들이 내가 아닌 너였다고 해서 아버지의 선택이 달랐을 것 같으냐."

"……."

"아버지의 너름에 머리를 조아리거라 데인. 적어도 이 가문에서 너와 나만큼은 아버지를 경배하여야 한다."

그런 루인을 바라보면서 카젠은 결국 뜨거운 눈물을 흘리고야 말았다.

이 넓은 세상에서 아버지를 이해하는 아들이 얼마나 있을까.

자신 역시 전대 가주였던 아버지가 돌아가시고 나서야 그 마음을 어렴풋이 이해할 수 있었다.

자신의 마음을 온전히 알아주는 아들을 마주한다는 것은 이 세상 모든 아비들의 부러움을 살 만한 일.

카젠은 지금 이 자리에서 죽어도 여한이 없다고 생각했다.

하지만 그런 생각도 잠시.

누구보다 하이베른가의 대공자에 어울리는 루인을 바라보면서, 또다시 카젠은 아쉬움과 미련에 입맛을 다실 수밖에 없었다.

"대공자는 여러모로 이 가주를 힘들게 만드는구나."

그렇게 말하면서도 카젠은 웃고 있었다.

아들들 앞에서 나약한 모습을 보이는 것이 더 이상 부끄럽지 않았다.

도저히 웃음을 참을 수 없을 정도로 대공자를 향한 믿음이 피어났다.

"루인. 데인."

가까스로 몸을 일으켜 아들들을 품에 안는 카젠.

"가문의 무거운 짐을 너희들에게 물려주는 것이 정말로 미안하구나."

루인이 짐짓 정색하며 아버지의 품을 벗어났다.

"아직 은퇴는 이르지요."

받아치는 카젠.

"이놈이? 방금까지만 해도 경배 운운하지 않았더냐?"

루인이 단호하게 고개를 가로젓는다.

"아버지의 시대는 아직 저물지 않았습니다. 혼란에 빠진 혈족들을 추스르고 기사들의 마음을 다시 모으셔야 합니다. 피폐해진 영지를 수습하시고, 비어 버린 가문의 재정을 온전히 회복하셔야 합니다. 더욱이 유랑민 문제는 아직 시작조차

하지 않으신 것 같은데요? 왕성에는 언제 가실 겁니까?"

"……."

냉정한 루인의 얼굴을 바라보면서 카젠은 기가 질려 버렸다.

산적한 문제를 애써 잊고 있었건만.

벌써부터 지독한 업무량에 정신이 아득할 지경이었다.

"후…… 왕성엔 이미 파발을 보낸 상태다."

루인이 가늘게 미간을 좁혔다.

"파네옴 광산의 운영권을 허가받는 일입니다. 아무리 저희가 하나뿐인 공작가라지만 그런 중대한 일에 파발로 뜻을 전해서야 되겠습니까?"

무겁게 고개를 끄덕이는 카젠.

"나도 알고 있다. 하지만 선택의 여지가 없었다."

"선택의 여지라니요?"

카젠이 루인을 향해 눈을 부라린다.

"네놈이 스스로 가슴을 갈라 혈류 마나석을 제거하지 않았느냐! 도대체 무슨 생각으로 혈관까지 통째로 베어 버린 것이냐?"

루인이 와락 얼굴을 일그러뜨렸다.

자신의 생명이 경각에 달렸다고 판단한 아버지가 했을 행동이 무엇일지 곧바로 짐작되었기 때문이다.

"설마 마탑의 현자들을 초빙하기 위해 또다시 대공(大公)의 인(印)을 사용하셨습니까?"

십 년 전, 아버지를 도와 고대의 혈류 마나석을 재현했던 현자들.

마탑의 현자들을 동원하는 것은 대공의 인이 아니고서야 불가능한 일이었다.

침묵하고 있는 아버지를 바라보며 루인은 더없이 가슴이 답답해졌다.

"대체! 제게 함부로 왕가에 빚을 지는 것은 위험하다고 가르치신 분께서 왜 자꾸만 그런 무리수를 두시는 겁니까!"

대공의 인을 동원해 왕국의 현자를 요구하는 것이야말로 더없이 막대한 빚.

그 일을 빌미로 국왕이 무엇을 얼마나 요구해 올지 벌써부터 루인은 머리가 지끈거려 왔다.

하지만 그 역시 자신을 살리기 위한 아버지의 무리수.

"나라고 대동맥이 끊겨 버린 놈이 멀쩡하게 살아 돌아올 줄을 어떻게 알았겠느냐!"

"지금이라도 물려야 합니다!"

"나 역시 네가 회복한 모습을 보고 급히 파발을 보내 대공의 인을 물리려고 했다. 하지만 늦었더구나. 현자들이 1왕자와 함께 오고 있다는 소식이 먼저 가문에 날아들었다."

"예?"

하필이면 가문의 혈족 외에 가장 먼저 만나는 전생의 인연이 바로 그라니.

르마델 왕국의 1왕자.

정말로 마주하고 싶지 않은 인간.

루인의 얼굴이 묘하게 일그러져 있었다.

성벽 위에 서서 저 멀리 구릉을 바라보는 데인의 얼굴에는 불편한 기색이 가득했다.

왕자 일행이 가문에 오고 있다는 사실이 그의 마음을 헝클었기 때문이다.

르마델 왕국의 1왕자.

지금까지 자신이 들어온 소문들은 하나같이 경멸스러운 내용이었다.

왕가의 문제아.

왕가의 수업을 게을리하고, 틈만 나면 귀족가의 영애들을 희롱하며, 대낮에도 만취해서 돌아다니는 망나니 같은 사내.

왕족의 특권 의식은 또 얼마나 대단한지 주변의 신하들을 쉴 새 없이 괴롭혀 대는.

보통 왕족에 대한 평판은 외부에 잘 알려지지 않는 것이 일반적이다.

그럼에도 그의 망나니 같은 성격이 이토록 왕국 내에 자자한 것을 보면 실상은 아마 더욱 처참할 것이다.

그토록 오만에 쩔어 있는 자라면 하이베른가에 도착해서

도 안하무인으로 행동할 것이 분명했다.

대공가라고 해도 르마델 왕가의 혈통을 능가할 순 없다.

"또 무슨 걱정인 것이냐. 고모를 향한 미움이라면 이제 그만 접어라. 아버지께서 감당할 몫이다."

"그런 게 아닙니다."

"그럼?"

"형님은 1왕자에 대해서 알고 계십니까?"

동생의 물음에 루인이 쓴웃음을 머금었다.

'알지. 너무나 잘 알지.'

아버지를 향한 복수심 하나로 르마델 왕국을 삼켜 버린 자.

1왕자였으나 결국 르마델 왕국의 후계로 지목되지 못한 그는 '그'의 세력에 투항하여 왕국 최대의 적으로 변신해 버렸다.

그의 복수는 단순한 복수 그 이상이었다.

르마델 왕국 전체 인구 중 절반 이상을 그의 군대가 도륙해 버렸다.

아라혼 그렐리아 니소 르마델.

'그'의 심복 중에서도 잔인하기로는 둘째가라면 서러워할 인물.

"예감이 좋지 않습니다 형님. 틀림없이 소란을 피우거나 무슨 사고라도 칠 것 같습니다."

"그러겠지. 아라혼이라면 충분히 그러고도 남을 인간이다."

데인의 얼굴에 순간 경멸의 빛이 스쳤다.

왕가의 혈통만 아니라면 그야말로 아무것도 아닌 놈.

나이는 자신보다 많다고 해도, 기사로서의 역량은 비교할 가치도 없는 인간이었다.

"그를 경멸하느냐?"

루인의 질문에 데인은 단호했다.

"아니요. 그냥 무시입니다. 형님이나 제가 마음 쓸 가치도 없는 인간이지요. 왕족의 허울 외에는 아무것도 아닌 놈입니다."

"아무것도 아닌 놈이라……."

그러나 루인은 아라혼을 그렇게 간단히 평가할 수 없었다.

아무것도 아닌 놈이 르마델 왕국의 절반을 지워 버릴 수는 없다.

"데인."

갑작스러운 형의 진지한 눈빛에 데인이 자세를 고쳐 잡고 더욱 귀를 열었다.

"말씀하십시오."

"왕국의 귀족들 중에 만만한 이들이 있더냐."

잠시 고민하는 데인.

만만한 귀족이라…….

그런 자들이 있을 리가.

오랜 세월 왕국을 피로 물들인 귀족가들의 암투, 그 처절한 역사를 떠올려 보니 어떤 가문도 만만하다는 생각은 들지 않았다.

"그래. 적어도 백 년 이상 귀족의 지위를 유지하고 있는 가문이라면 결코 만만한 자들이 아니다. 그들의 뱃속에 얼마나 많은 뱀들이 똬리를 틀고 있는지는 네가 더 잘 알 것이다."

더없이 적절한 루인의 표현에 데인은 쓰게 웃을 수밖에 없었다.

형의 말대로 그들은 뱃속에 무수한 뱀을 품고 사는 음모와 계략의 화신들이었다.

"그런 만만치 않은 귀족들 중에서도 최고인 자들이 르마델의 왕성에 입궁한다. 가장 뛰어난 무력을 지닌 자들이, 가장 놀라운 지혜를 품은 이들이 국왕의 신하가 되는 것이다."

루인의 두 눈이 침잠했다.

"왕족들은 그런 왕국 최고의 인재들 틈바구니 속에서 살아간다. 평생 그들과 협력하거나 경쟁하며 지혜와 계략을 습득한다. 자신도 모르게, 누구보다 뛰어난 괴물이 되는 것이다."

"……."

"그가 망나니라고 했느냐. 그렇겠지. 하지만 그는 매일매일 왕국 최고 기사가 검을 다루는 모습을 지켜봤을 것이다. 권력의 암투 속에서 벌어지는 무수한 계략들을 식사하듯 날마다 체험했을 것이다. 그의 눈과 귀로 전해지는 모든 정보들은 그 어떤 귀족가의 자제도 경험하지 못하는 엄청난 것들이다."

잠시간의 침묵이 흐른 후 다시 루인이 담담하게 입을 열었다.

"아직도 그가 우습게 보이느냐."

아라혼은 그 모든 자신의 경험들을 왕국을 괴멸시키는 일에 녹아 냈다.

그리고 그는 그 일을 꽤나 잘 해낸 악마였다.

"……생각이 짧았습니다."

"그래 데인. 왕족을 결코 만만히 보아선 안 된다."

데인은 가슴이 서늘해지는 놀라움 속에서도 다시 한번 형의 식견에 감탄했다.

자신은 왕성에 가 보기라도 했지만, 형은 지금까지 가문 밖을 나간 적이 없다.

그럼에도 형은 왕족을 직접 겪어 본 자신보다 훨씬 왕족들의 실체를 잘 파악하고 있었다.

아무리 논리적으로 생각해 봐도 쉽게 이해할 수 없는 일.

하지만 지금까지 형이 보여 줬던 역량들이 너무 말이 안 되는 수준이라 이제는 그러려니 받아들일 수밖에 없었다.

"도착한 것 같구나."

데인이 루인의 시선을 좇아 저 멀리 구릉 위를 다시 바라봤다.

휘황찬란한 빛을 내뿜으며 점차 모습을 드러내는 화려한 마차.

펄럭펄럭.

마차 위로 우뚝 솟은 깃발이 한눈에 시선을 사로잡는다.

선명한 에메랄드 빛 드래곤 문양.

기사들의 질서정연한 호위를 받으며 구릉 위로 모습을 드러낸 마차는 틀림없는 르마델 왕가의 마차였다.

“내려가서 아버지께 내가 직접 그를 맞이하겠다고 이르거라.”

왕가의 행렬.

아무리 대공의 가문이라고 해도 가주가 직접 맞이해야 한다.

하지만 루인은 미리 생각해 둔 바가 있었다.

“알겠습니다. 형님.”

◆ ◈ ◆

흔들거리는 마차 속에서 아라혼이 얼굴을 일그러뜨렸다.

“아니, 책이 그렇게들 좋나?”

르마델 왕국의 현자, 에기오스가 특유의 풍성한 수염을 쓰다듬으며 고아하게 미소 지었다.

“지혜란 끊임없이 앎을 탐구하고 함양하는 자에게만 허락된 특권이지요. 또한 미지를 탐구하는 것은 제게 즐거운 일이기도 합니다.”

아라혼이 진절머리가 난다는 듯 고개를 흔들거렸다.

“그거 병이야 병. 그 지겹고 난해한 마법 서책을 재밌다고 말할 수 있는 건 분명 질병이라고.”

왕국의 이름 높은 마법사들과 함께 여행을 한다는 것은 아라혼에게 있어서 고역 중의 고역이었다.

잠시 말을 쉬게 하거나 숙영할 때를 제외한다면 거의 모든 시간을 마법 서책에만 몰두하는 마법사들.

그 숨 막히는 광경을 한 달 이상이나 견뎌 왔으니.

"진짜 나까지 정신병이 걸릴 것 같다고."

푸근한 표정을 짓고 있던 에기오스가 마법 서책을 덮었다.

"거슬리신다면 그만 보도록 하겠습니다."

"하? 이제야? 이봐 현자 양반. 다 도착했거든?"

"음?"

깜짝 놀란 에기오스가 마차의 쪽창을 슬며시 밀었다.

이내 그의 시야로 가득 차오른 거대한 성채.

몽델리아 산맥의 지배자, 왕국의 깃발을 품은 사자의 가문이 위풍당당한 위용을 드러내고 있었다.

하이베른가.

웬만한 소국가 이상의 봉토를 품고 있는 르마델 왕국의 대공 가문.

"어휴. 1왕자가 뭐라고. 저 재미없는 자들을 다시 상대해야 하다니."

하이베른가의 성채를 바라보던 아라혼은 벌써부터 하품만 해 대고 있었다.

그에게 있어 하이베른가란 고리타분 그 자체였다.

왕국에서 가장 기사도에 연연하는 자들.

그 엄격한 왕실근위대조차 이 하이베른가의 기사들에 비한다면 불량배다.

"르마델 왕가의 체통을 지키셔야 합니다. 하이베른가는 대공가입니다."

"흥!"

콧방귀를 날리던 아라혼이 비릿하게 비웃었다.

"대공가가 뭐? 그들이 르마델 왕가의 위에 존재할 수 있나?"

"그건……."

"시끄러. 그들 또한 내 백성일 뿐이야."

철컹.

다짜고짜 마차의 문을 열어 재낀 아라혼.

"빨리 해결하고 떠나자고."

갑자기 아라혼이 마차에서 내리자 그를 호위하기 위해 기사들이 기겁하며 에워쌌다.

마차 안에서 에기오스의 목소리가 흘러나왔다.

"왕자님. 아직 도착하려면……."

하이베른가의 성채가 워낙 거대해서 가까워 보이는 것이지 도보로는 꽤나 먼 거리.

"마법사들은 이래서 문제야! 좀 걸어! 사람이 머리만 쓰면 그게 사람이야? 몸도 써야지!"

어쩔 수 없다는 듯, 에기오스를 포함한 마탑의 고위 마법사들이 하나둘 마차에서 내려왔다.

그렇게 걸어가기를 한참여.

"음?"

아라혼이 발견한 것은 한 소년이었다.

산들바람에 의해 흩날리는 머리칼.

감정을 느낄 수 없는 무심한 표정.

예복에 새겨진 문양은 틀림없는 하이베른가의 그것.

하지만 너무나 이질적이다.

기사는커녕 사람인가 싶을 정도로 깡마른 몸이었으니까.

가장 이상한 것은 놈의 불가사의한 눈빛이었다.

차분하고 고요한, 그야말로 흔들림 없는 눈빛.

하지만 아라혼은 하마터면 검을 뽑을 뻔했다.

이유는 알 수 없었다.

다만 몸이 그렇게 반응했을 뿐이다.

"……넌 누구지?"

눈앞의 소년이 무릎을 굽히며 담담하게 예를 표했다.

"1왕자님을 뵙습니다. 하이베른가의 루인입니다."

"루인?"

아라혼이 고개를 갸웃거린다.

분명 놈은 정중하게 예를 표하고 있었다.

하지만 르마델 왕가의 1왕자 앞에서 감히 하이(High)를 운운하다니.

일반적으로 귀족들은 왕족 앞에서만큼은 가문의 명예를 드높이지 않는다.

'이상해.'

그럼에도 이상하게 기분이 상하지 않았다.

보통 이런 건방진 놈을 만나면 욕부터 나와야 정상인데.

그때, 현자 에기오스가 화들짝 놀라며 루인을 바라보았다.

"루, 루인 님?"

언제나 호수처럼 잔잔한 미소만 짓고 있던 왕국의 현자가 이토록 동요하는 모습이라니?

아라혼이 에기오스에게 물었다.

"아는 사이야?"

"예? 아, 물론 루인 님을 알지요. 그런데……."

"그런데?"

연신 눈을 껌뻑이며 믿을 수 없다는 듯 루인을 바라보고 있는 에기오스.

세월이 흘러 기억 속의 모습과는 달랐지만 자세히 살펴보니 분명 그가 맞았다.

'분명 서찰에는 그가 다시 죽어 가고 있다고 했다! 아니 무엇보다 이건!'

혈류 마나석.

왕국 마탑의 모든 역량을 동원하여 완성한 고대의 보호 마법.

강렬하게 그를 수호하고 있어야 할 생명의 파동이 더 이상 그에게서 느껴지지 않았다.

루인이 혼란스러워하는 현자 에기오스를 무심하게 응시하고 있었다.

눈앞의 이 마법사는 르마델 왕국에서 반드시 포섭해야 될 인물 중에서도 1순위.

베른가의 일부 직계 혈족을 제외한다면 자신의 저주에 얽힌 비밀을 알고 있는 자들은 마탑의 마법사들이 유일했다.

"왕자님을 맞이하고 있습니다. 회포는 나중에 푸시지요."

은은하게 웃으며 대공가의 예법을 표하는 루인을 향해 에기오스가 어색하게 마주 예를 표했다.

"아. 알겠습니다. 루인 님."

그렇게 루인과 에기오스가 묘한 기류로 서로를 바라보고 있자 호기심이 동한 아라혼이 금방 의문을 드러냈다.

"왕국의 현자와 구면이라? 그렇다면 평범한 기사는 아니란 뜻이군. 그대의 직위와 위계를 드러내라."

순간 에기오스의 고아한 목소리가 다시 흘러나왔다.

"왕자님. 그는 베른가의 대공자입니다."

"대공자?"

시종일관 고고한 표정을 짓고 있던 아라혼이었으나 그 순간만큼은 놀라지 않을 수 없었다.

하이베른가의 차기 기수, 대공자의 존재는 왕국 내에서도 초미의 관심사였다.

하지만 하이베른가는 지금까지 단 한 번도 대공자의 실체를 대외적으로 밝힌 바가 없었다.

"이런 자가?"

하이베른가에는 왕국의 검술 천재라 불리는 데인이 있다.

왕국의 긴 역사 속에도 유례를 찾아보기 힘든 최연소 기사.

그러나 하이베른가의 대공자라면 적어도 그 이상의 역량이 느껴져야 정상이다.

그것이 베른이라는 가문의 무게감.

"……."

하지만 아무것도 느껴지지 않는다.

왠지 모를 불길한 느낌이 풍겨 오는 것을 제외한다면, 투기 한 올 예리한 기세 하나 발산하지 않았다.

아라혼이 피식 웃었다.

"평범한 호위 기사 수준의 기량도 느껴지지 않는 자가 베른가의 대공자라니. 이제 이 사자의 가문도 이름뿐인 가문이 되어 가고 있는 건가. 대공가의 명예가 땅으로 추락하겠군."

"와, 왕자님!"

한껏 당황해하고 있는 현자 에기오스를 뒤로한 채 아라혼이 더욱 시큰둥한 얼굴을 했다.

"됐고. 왕국의 기수(旗手)와 만나 얘기를 나누겠다."

지금까지 묵묵히 듣고만 있던 루인이 무표정한 얼굴로 입을 열었다.

"왕자님의 눈을 더럽혀서 죄송합니다. 다만 왕자님을 맞이하는 일의 전권은 이 루인, 베른가의 대공자에게 있나니. 부디 왕자님께서는 발길을 돌리지 말아 주십시오."

황당한 얼굴로 굳어 있던 아라혼이 이내 호탕한 웃음을 터뜨렸다.

"뭐? 하하하!"

베른가의 대공자가 어떻게 나올지 궁금해서 일부러 치욕적인 도발을 했다.

용맹한 베른가의 대공자, 아니 적어도 그가 기사라면 당장 검을 뽑으며 결투를 신청해도 무방할 정도의.

한데 그 치욕을 견뎌 낸다고?

이렇게 쉽게?

흥미가 생긴 아라혼이 루인을 더욱 끈적하게 바라봤다.

"그대가 전권을 지니고 있다고?"

"미거하나마 아직은 제가 베른가의 대공자입니다. 대대로 저희 가문은 가주의 부재 시 대공자가 그 권위와 권한을 대리합니다."

잠시 침묵하던 아라혼.

그가 곧 입매를 비틀었다.

"뭐, 좋아. 베른가의 법도가 그러하다면."

"그전에 왕자님께 청하고 싶은 것이 있습니다."

"청하고 싶은 것? 그게 뭐지?"

루인이 담담한 얼굴로 다시 입을 열었다.

"독대(獨對)입니다."

그때 왕실 호위대장 디에올 경이 단호하게 고개를 가로저으며 입을 열었다.

"불가! 있을 수 없습니다! 왕실 호위대는 어떤 경우에도 왕족에 대한 호위 임무를 중단하지 않습니다!"

아라혼이 호위대장 디에올을 날카롭게 노려봤다.

"이봐, 디에올 경. 이 아라혼이 고작 이런 자와의 독대도 두려워할 만큼 나약해 보이나?"

"하, 하지만 왕자님……!"

"시끄럽다. 독대? 좋아. 그대의 청을 받아들이도록 하지."

루인이 허리를 숙였다.

"모시겠습니다."

◆◈◆

아라혼이 감탄한 표정으로 베른헤네움 내부를 살피고 있었다.

천상의 빛이 사방으로 범람하고 있는 곳.

수백, 수천 개로 쪼개어진 빛살이 거대한 홀을 가득 메우고 있는 광경이란 일종의 경이.

과연 베른가의 베른헤네움이 왕국에서 가장 아름다운 홀이라더니 그 이름값 그대로였다.

루인이 천천히 걸어가 홀의 중앙, 커다란 원탁의 의자 하나를 빼내더니 무심히 아라혼을 응시했다.

"앉아."

"……그러지. 뭐?"

황당한 얼굴로 굳어져 있는 아라혼을 향해 루인이 피식 웃었다.

"예법에 목매는 스타일은 아니라고 들었는데. 뭐 왕족의 권위를 내세우기 좋아한다면 다시 신하의 예로 대할까?"

왕실의 예검(禮劒)을 매만지고 있는 아라혼.

"잘 생각해. 여긴 베른의 대지야. 비록 유명무실해졌지만 여긴 독립적인 공국(公國)의 땅이라고. 그 검을 뽑아 내게 겨누는 순간 8천의 병력이 르마델을 향해 진격할 거야. 물론 그 전에 그대와 호위대들이 먼저 죽겠지."

"너, 너 이 새끼……!"

드르륵.

루인이 마주 자리에 앉아 깍지를 꼈다.

"본 가문의 초대 사자왕께서 건국에 끼친 영향력은 건국왕 소 로오 르마델 님 못지않다. 초대 사자왕께서 조금만 더 권력욕이 있으셨다면 과연 어땠을까? 지금 그대와 내 자리가 바뀌었을 것 같다고 생각지 않나?"

"다, 닥쳐라! 죽여 버릴……!"

"해 봐."

아라혼은 예검의 손잡이를 잡고 쉴 새 없이 몸을 떨었다.

잠시 잊고 있었다.

하이베른가가 어떤 가문이었는지.

왕국의 군권, 그 절대권력의 절반을 쥐고 있는 기수(旗手)의 가문.

왕국을 향한 그들의 충성이 변질되었을 때 어떤 일이 일어날 수 있는지를 잠시 망각하고 있었다.

'…….'

놈은 모욕을 참은 것이 아니었다.

그의 두 눈을 보자마자 얼마나 분노를 삭이고 있는지 곧바로 느낄 수 있었으니까.

하이베른가를 모욕했던 자신을 향해 서슴없이 살기를 드리우고 있는 것이다.

이래서 독대를 요구한 것이었나.

'놈……!'

만만한 놈이 아니었다.

일부러 화려한 베른헤네움으로 인도하여 대공가의 위세를 드리우고, 서슴없는 반말로 자신의 냉정을 뒤흔든다.

게다가 왕가의 1왕자 앞에서 감히 왕국의 내전을 운운할 줄이야.

치밀하고 영리하다.

또한 무서울 정도로 대범한 놈이었다.

아라혼이 루인에게 느낀 압박은 왕실의 교활한 전략가들 이상이었다.

"내가 실수했군. 앞서 그대와 그대의 가문을 모욕했던 것을 사과하지."

예검을 매만지던 손을 풀고 자리에 앉아 마주 웃고 있는 아라혼.

그런 그의 태도에 이번에는 루인이 호기심을 드러냈다.

역시 녀석은 왕실의 권위만 내세우는 철없는 왕자 따위가 아니었다.

이런 변화무쌍한 능구렁이 같은 놈이 왕실의 망나니일 수가 없다.

루인은 그에 대한 평판과 소문이 어쩌면 의도된 것일지도 모른다고 생각했다.

"뭐, 서로 살가울 필요는 없고. 바로 본론으로 들어가지."

"하하, 본 왕자가 사과를 했음에도 그 건방진 태도를 유지하겠다는 건가?"

루인이 아랑곳하지 않고 말을 이어 나갔다.

"이렇게 1왕자까지 보낸 것을 보니 왕실은 본 가문의 청을 받아들인다는 뜻이겠지?"

아라혼이 금방 얼굴에 장난기를 지우고 가면을 썼다.

"꼭 그렇지는 않지."

피식 웃는 루인.

"파네옴 광산 따위야 왕실의 무수한 재산 중의 하나. 그런 광산 하나를 대공가에게 맡기는 일에 무슨 왕실의 큰 결단이 필요하지?”

“…….”

“르마델 왕실이 본 가문의 청을 거부한다는 것은 우리 베른가의 명예를 다리오네가의 아래에 두겠다는 것. 남작가 따위가 운영하던 광산을 대공가에서 맡지 못한다? 왕실로서도 큰 부담일 텐데?”

루인이 품에서 펜을 꺼내 만지작거리기 시작했다.

“운영 주체만 달라질 뿐, 대공가라면 관례와 세율대로 철광석을 왕실에 상납할 것이고 이는 그저 현행 유지다. 왕실 입장에서는 사실 큰 고민이 필요한 일이 아니야.”

마치 왕실의 회의실을 들여다본 듯한 루인의 태도에 아라혼은 점점 가슴이 서늘해져 갔다.

“왕실이 이렇게 1왕자까지 보낸 이유는 다른 이유겠지. 대공가에게 파네옴 광산의 운영권을 허락하는 일 따위는 아무것도 아니지만, 변방에서 기수가의 명예만을 위해 살아가던 땀 냄새 나는 기사의 가문이 갑작스럽게 이권을 탐하는 이유가 무엇일까.”

“…….”

“철(Iron)은 전쟁의 동력. 설마 대공가는 힘을 기르려는 것이 아닐까? 하이베른가가 다시 강성해지는 것이 왕실에 과연 도움이 되는 일인가? 아니면 또 다른 숨은 의도가 있단 말인가?”

“허튼소리. 폐하께서는 단 한 번도 기수가의 충성을 의심해 본 적이 없는 분이시다."

루인이 비릿하게 웃었다.

"그러시겠지. 하지만 신하들도 그렇게 생각할까?"

탁.

루인이 펜을 놓으며 깍지를 꼈다.

"우리 가문은 말이지. 왕국의 수호자이면서 동시에 계륵이다. 가까이할 수도 가까이해서도 안 되는 그런 집단. 난 잘 알아. 왕실이 본 가를 약화시키기 위해 해 온 오랜 일들을."

섬찟.

아라혼은 온몸의 털이란 털은 모조리 곤두섰다.

방금 루인이 했던 말은 르마델 왕실의 어른들로부터 수도 없이 들었던 말이었다.

베른가의 충성은 의심해서도 의심할 수도 없다.

의심하는 순간이 바로 왕국의 재앙이었기 때문.

더욱 소름 돋는 것은 그가 한 마지막 말 때문이었다.

베른가의 약화를 위해 해 온 왕실의 노력!

그 엄청난 비밀은 소수의 신하들을 포함한 왕실의 중추가 아니고서야 도저히 알 수 없는 비밀이었다.

"하, 하하! 그럴 리가? 무슨 소문을 들었는지 몰라도 지어내기 좋아하는 이야기꾼들의 헛소리다."

루인이 알 수 없는 미소를 짓다 다시 천천히 입을 열었다.

"왕실의 예상대로 우리 하이베른가는 힘을 기르려고 한다.

파네옴 광산의 강철로 본 가의 부(富)를 늘리고, 다리오네 남작령의 유랑민들을 모두 영지민으로 받아들여 본 가의 버려진 봉토를 개간할 것이다. 그 옛날 베른 공국 이상의 위상을 되찾을 것이다."

"뭐……?"

"하지만 그대는 왕실에 그렇게 보고할 수가 없겠지. 왕국의 기수, 하이베른가의 가주는 그저 불쌍한 유랑민을 보살피고 파산한 다리오네가의 영지를 안정시킬 뿐이다. 남작령 일대가 수습이 되면 광산의 운영권은 다시 다리오네가에게 귀속될 것이다."

멍한 표정으로 한참 동안 침묵하던 아라혼이 힘겹게 입을 열었다.

"왜지? 내가 왜 그래야……?"

한없이 투명한 루인의 동공.

"르마델 왕국의 이름 높은 귀족이라면, 성년이 지난 그대가 아직도 왕세자가 아니라 1왕자인 이유를 모를 리가 없지."

"……."

깍지를 푼 루인이 자리에서 일어났다.

"그대가 폐하의 마음을 온전히 얻을 수 있도록 힘이 되어 주지."

덜덜.

아라혼이 동요를 참지 못하고 벌떡 일어났다.

“왕국의 사자! 그대의 하이베른가가 내 옆에 서 주겠다는 건가!”

“아니. 본 가문이 아니지.”

“그게 무슨……?”

루인이 희미하게 웃으며 손을 내밀었다.

“얻을 수 있는 건 나다. 1왕자 아라혼. 내가, 이 루인이 그대의 친구가 되어 그 옆에 서 주겠다.”

왕국을 파멸시킬 악마가 되기 이전에 길들인다.

그것이 르마델 왕실을 향한 루인의 첫 계획이었다.

〈2권에서 계속〉